Lotte Römer
Babybauchgefühle

Lotte Römer

Babybauchgefühle

Heitere Betrachtungen
über die schrecklich schöne
Schwangerschaft
und ihre süßen, zappeligen Folgen

Bibliografische Information der Deutschen Nationalbibliothek:
Die Deutsche Nationalbibliothek verzeichnet diese Publikation in der
Deutschen Nationalbibliografie; detaillierte bibliografische Daten sind
im Internet über http://dnb.dnb.de abrufbar.

Impressum:
1. Auflage | September 2015
Copyright ©2015 Autor
und Literarische Agentur HML-Media Nürnberg
Siemensstraße 47, D-90459 Nürnberg
www.hmlmedia.de
Covergestaltung: © Anika · Grafik & Illustration, Anika Kositz,
www.anikakositz.de
Nachdruck – auch auszugsweise – verboten!
Alle Rechte vorbehalten!
Herstellung und Verlag: BoD – Books on Demand, Norderstedt
ISBN: 978-3-738617269
Dieses Buch ist als E-Book bei Kindle Amazon erhältlich

Inhaltsverzeichnis

Die schwere Geburt

Das Liebkind läuft über einen Steg.
Kommentar: „Ich glaube, ich bin auf dem Holzweg!"

„Alle fünf Minuten!", sage ich und schaue wieder auf die Uhr.

„Wie? Echt jetzt?" Mein Mann gähnt und streckt sich.

„Ich geh dann mal in die Badewanne", informiere ich noch, er grunzt und rollt sich nach rechts.

Kurz darauf liege ich im heißen Wasser und warte. Dazu höre ich eine Meditations-CD: „Die Hypnosegeburt" und bin sicher, hervorragend vorbereitet zu sein. Wehe für Wehe schaue ich auf die Uhr, während eine Frau im Hintergrund sagt, dass ich gerade meinen tiefsten Punkt innerster Freude erreiche und ja, ich fühle es. Ich bin total entspannt. Ich bin so was von vorfreudig. Bald ist sie da!

Acht Minuten Wehenabstand, sieben, mal wieder fünf. Es geht los. Ganz sicher geht es los und ich bin gerade, sagt die Frau, voller innerem Frieden und spüre das Glück der schmerzfreien Geburt. Tut auch wirklich nicht weh, diese Wehen. Warum heißen die eigentlich so?

Als ich meinen Bauch und mich zu Harfenklängen aus dem Wasser heraus gewälzt habe, bin ich in meinem ganz persönlichen Raum der Ruhe, weiß die Frau auf der CD und ein Harfenträller ertönt, der mich schon die ganze Schwangerschaft über ganz kirre gemacht hat und es demzufolge jetzt auch tut. Wie kann so ein Träller für irgendjemanden meditativ sein, frage ich mich. Eine weitere Wehe ereilt mich und ich frage mich immer noch, warum die anderen Frauen da immer so ein Zinnober drum machen. Alles super. Das muss der innere Friede sein, die Freude, der Raum der Ruhe. Die fünfminütigen Abstände bleiben jetzt auch außerhalb der Wanne. Ich rufe den Gatten. Er soll aufstehen, es geht los. Ich rufe im Geburtshaus an, berichte von meinen Wehenabständen und davon, dass ich das toll aushalten kann (fast bin ich ein wenig stolz auf mich!). Wir sollen kommen.

Die Harfe erklingt noch einmal im Hintergrund. Ich bin, sagt die Bandstimme, in der Lage, mit meinem imaginären Emotionsknopf jeden Schmerz auszuschalten. Dann ziehe ich den Stecker des tragbaren CD-Spielers aus der Dose.

Mein Ehemann hat sich zwischenzeitlich aus dem Bett geschält und sich – das muss man ihm lassen – blitzschnell angezogen. Es ist fünf Uhr morgens und ich spüre die Wehen seit Mitternacht. Wir packen meinen Rucksack und die Lebensmitteltasche, angefüllt mit allem Süßkram.

Den Rucksack habe ich mit viel Bedacht gepackt. Es gibt diverse Kleidung für mich und mehrere Garnituren fürs Baby. Wer weiß, vielleicht steht ihm kein Grün? Außerdem habe ich eine eigens zum Gebären zusammengestellte Musik-CD. Die Lieder sind handverlesen und darauf geprüft, dass ich unter ihrer Begleitung gut meinen inneren Raum der Ruhe finde.

Auf der Fahrt sprechen wir nicht viel. Alle fünf Minuten schreie ich freudig: „Oh, die nächste Wehe, super!" Und dann atme ich mich immer weiter in meinen inneren Raum der Ruhe hinein.

Mein Mann sagt irgendwann ganz philosophisch: „Wow, das ist dann wohl unsere letzte Fahrt zu zweit."

Daran hatte ich nun noch gar nicht gedacht und ein kleines bisschen Angst macht sich breit, naja, vielleicht nicht Angst, aber doch Unruhe und ich denke ganz schnell an die tief empfundene Freude und den Harfenträller.

Dann sind wir im Geburtshaus, endlich. Ich werde an den Wehenschreiber angeschlossen, warte sehnsüchtig. Warte immer weiter. Es vergehen acht Minuten, zehn, fünfzehn und es passiert – nichts. Da ist das Kind noch nicht mal auf der Welt und schon tut es nicht, was es soll.

Das also ist Schmerz, denke ich ein paar Stunden später in der absolut sicheren Gewissheit, dass ich bis dato keine Ahnung hatte, was Schmerz überhaupt ist. Und jede Stunde später weiß ich, dass ich es eine Stunde eher noch nicht wusste, obwohl ich so sicher glaubte, es zu wissen. Ich – pardon – scheiß auf den inneren Raum der Ruhe und jeden, der behauptet, dass es ihn gibt. Wenn ich den Harfenspieler und seinen verdammten Träller erwische, bring ich ihn um und überhaupt stelle ich mir die Frage: Wo soll das noch hinführen?

Ich liege in einer Badewanne. Meine CD mit den handverlesenen Liedern habe ich vergessen. Stattdessen läuft die homöopathische Meditationsmusik des Geburtshauses auf Hochtouren und ich finde sie sensationell. Nicht, dass ich in geistig klarem Zustand jemals etwas Derartiges freiwillig an meine Ohren ließe, aber das hier ist ja auch kein geistig klarer Zustand. Die Wehen kommen Schlag auf Schlag. Sie heißen so, weil sie weh tun. Und nur deshalb. Wie konnte ich mich je fragen, warum sie so heißen. *Das* also ist Schmerz, denke ich wieder und das Wasser plätschert in mein langgezogenes *Aaaah*. Ich mach das schon vier Meditations-CD-Längen, mindestens. Mein Mann hat bereits andere Musik angeregt, vorsichtig, und ich habe irgendwas geschrien, das dazu geführt hat, dass er sich schweigend – und schnellstens - zurückzog. Aaah. *Das* also ist Schmerz.

Die Meditationsmusik und das Wasser plätschern vor sich hin. Ich habe keinen inneren Raum der Ruhe.

Die Hebamme will, dass ich aus der Wanne steige, dass ich aufstehe. Ich hasse sie. Ich werde nie wieder aufstehen, in meinem Leben nicht. Aaah. Dann stehe ich auf. Atmen, immer weiter atmen. Nur das Atmen nicht vergessen. Plötzlich ist alles nass. Die Fruchtblase. Jetzt geht es flink, sagt man. Nicht wahr? Vielleicht habe ich zwar keinen inneren Raum der Ruhe, aber ich habe diese tiefe Freude, dieses von innen kommende Glück. Ohne Fruchtwasser fühle ich mich leicht wie ein Federchen – für mindestens dreißig Sekunden. Dann Aaah. Das Baby drückt sich nach unten wie ein Felsbrocken. *Das* also ist Schmerz, denke ich, bevor ich auf die Knie falle. Was war noch mal Freude? Aaah und aaah und aaah. Es drückt. Mein Körper drückt. Ich drücke. Ich habe die Musik vergessen. Mein Mann sagt später, sie lief sieben Stunden. Wenn sie aus war, habe ich danach gebrüllt. Sonst wollte ich nichts. Das Kind zwingt sich nach unten. Ich bin nur noch Körper. Plötzlich liege ich auf dem Bett. Da ist ein Arzt, da ist die Hebamme, da ist mein Mann. Mein Körper ist eine Weltmacht. Mein Sein ist Pressen. Alles will das Kind aus mir hinauszwin-

10

gen. Es arbeitet und mein Körper ist ein Inferno aus Druck und Schmerz. Ich werde zerreißen, ich weiß, ich zerreiße. Ich bin jenseits von Schmerz. Das hier ist kein Schmerz mehr, das ist mehr.

„Ich sehe den Kopf", sagt mein Mann und ich glaube ihm nicht. Ich glaube nicht, dass diese Macht mich je nicht mehr bestimmt. Das Pressen ist längst Selbstzweck geworden, vergessen ist, wofür und wohin. Ich brülle, ich bin ein waidwundes Tier.

„Schau hin, schau doch hin."

Ich öffne die Augen (waren sie zu?). Es ist wahr. Es ist wirklich wahr. Da ist ein Kopf, ich kann die Haare fühlen. Da sind Haare! Ich drücke, drücke, übernehme die Macht, werde Weltmacht. Dann Erleichterung, einatmen, ausatmen. Sie. Sie ist da. Auf einmal, auf meinem Bauch, ihr Bauch auf meinem. Große blaue Augen schauen mich an, erstmals. Ganz wach ist sie, hellwach. Was ist schon Schmerz? Das also ist Schönheit. Das ist Perfektion. Das ist Liebe. Und ich bin erwachsen. Ganz plötzlich.

Ver-rückt worden

Kind: „Was ist das?"
Vater: „Scharfer Senf."
Kind: „Kann man sich da dran schneiden?"

Dann ist sie da und mein altes Leben ist weg, verschwunden, ausgelöscht. Es ist ein bisschen so, als hätte es mein vorheriges Ich nie gegeben. Die ersten zwei Wochen mit dem Baby vergehen im Bett, zu Hause. Sie liegt da und schläft und sieht wundervoll aus. Ihr Kopf riecht so gut, wie noch nie etwas geduftet hat. Ihre winzigen Händchen sind perfekt, ihre winzigen Füßchen sind perfekt, ihre winzige Nase ist perfekt, ihr runder Babybauch ist perfekt und ihr Schmatzen, wenn sie gierig Milch trinkt, ist perfekt.

Ich bin müde. Viel zu müde zu allem. Ich will Fruchtsaft trinken und Fruchtsaft trinken, immer nur Fruchtsaft. Essen will ich erst vier Tage nach der Geburt wieder etwas. Langsam wird mir klar, dass es nicht falsch war, in der Schwangerschaft zwanzig Kilo zuzunehmen.

Die zwei Wochen sind wir Höhlenbewohner in einer anderen Welt, Besucher kommen und gehen, mein Mann, jetzt ihr Vater, kommt und geht und versorgt uns leise. Wir alle versuchen, anzukommen, da wo wir jetzt sind. Die meiste Zeit schaue ich meiner Zaubertochter beim Schlafen zu. Manchmal weint sie und ich halte sie und wiege sie hin und her. Doch am häufigsten sieht sie sich um, mit aufmerksamen, strahlend blauen Augen, sieht mich an. Ein Mal lächelt sie. Ich bin mir sicher, sie

12

lächelt. Keiner glaubt mir. Aber ihr späteres Lächeln wird genau aussehen wie dieses erste und ich bin sicher, dass ich ihren ersten Ausdruck der Freude schon im Wochenbett erlebt habe.

Ich singe für sie, leise Lieder. Sie sieht dazu aus dem Fenster hinaus ins Licht (die Freiheit?).

Und sie hat Durst, viel Durst, sie saugt und saugt und saugt. Stundenlang trinkt sie, voller Lebenshunger. Und irgendwann merke ich, wie unwichtig ich mir geworden bin in diesen Tagen. Und wie wichtig sie, dieser Winzling, der augenscheinlich so wenig Raum einnimmt und gefühlt keinen Platz für irgendetwas lässt.

Nach zwei Wochen gehen wir hinaus in die Welt, genau genommen in ein Restaurant, und stellen überrascht fest, dass sie sich weitergedreht hat. Kann es sein, dass sich nichts verändert hat?

Beim Essen sitzt am Nachbartisch eine schwangere Frau, siebter Monat vielleicht. Sie streichelt ganz selbstvergessen ihren Bauch und lächelt dieses Ich-werde-bald-Mutter-Lächeln, das immer ein bisschen dümmlich, aber glücklich aussieht und ich denke: Du hast ja keine Ahnung. Keinen blassen Schimmer hast du, was auf dich zukommt und damit meine ich nicht den schnell vergessenen inneren Raum der Freude, nein, ich meine das Danach. Diesen verrückten Ausnahmezustand, zu dem unser Leben geworden ist. Dieses Ver-rückt sein an einen anderen Platz im Leben. Dieses Gefühl, in einer neuen Dimension gelandet zu sein, aus der es nie wieder ein Zurück gibt.

Ich bin von der Tochter zur Mutter geworden.

Prinzipien

„Mein Schoko-Nikolaus heißt Tom!"

Die ersten zwei Monate verbringen der Gatte, das Baby und ich zusammen zu Hause. Die Tage reihen sich aneinander und sind alle gleich und alle verschieden. Ich stille, ich wickle, ich singe Lieder, ich lächle für meine Tochter und bin sehr, sehr müde.

Später, wenn ich Fotos aus dieser Zeit sehe, werde ich mein Kind so gut kennengelernt haben, dass ich weiß, wann es ihr wie ging. Aber im Moment des Erlebens weiß ich es nicht immer. Wir sind uns noch fremd und lernen uns erst kennen.

Nun ist es so, dass wir Prinzipien haben. Jawohl. Wir wollen schnullerfrei bleiben und bloß nicht anfangen, das Kind herumzutragen, damit es schläft.

Das Kind findet relativ zügig heraus, dass sie abends gern mal schreit und das länger. Also so eine Stunde lang oder auch zwei werden da gern genommen.

Ich liege also tagelang am Abend zwischen achtzehn und neunzehn Uhr im Bett und höre zu, wie das Baby erbärmlich schreit. Ich wiege es im Arm, ich singe, ich lächle für sie und bin sehr, sehr müde. Einem Baby beim Weinen zuhören macht nämlich sehr, sehr müde. Müder als rumtragen vielleicht. Ich gebe zu, der Gedanke kommt mir schnell. Außerdem habe ich das Gefühl, taub zu werden, wenn das so weitergeht.

Die Kopfschmerzen will ich gar nicht erwähnen. Und darum komme ich relativ zügig zu der Entscheidung, dass Tragen eine Lösung ist.

Der Schnuller, so habe ich in einer geburtsvorbereitenden Broschüre gelesen, ist nie eine Lösung. Der Schnuller verbietet einem Kind quasi den Mund, indem es ihn zustopft. Ja, das klang logisch. Ich wollte lieber zuhören. Ich wollte das Kind verstehen, ihm sagen, dass ich seinen Kummer nachvollziehen kann und bei ihm bin. Aber meine Tochter kann das mit dem Schreien so toll, dass ich gar nicht dazu komme, etwas zu sagen, geschweige denn, dass sie mich durch ihr markerschütterndes Gebrüll hört.

Außerdem will sie saugen, sie will immerzu saugen, jedenfalls am Abend, zwischen achtzehn und zweiundzwanzig Uhr. Sie will noch sicherer saugen als sie schreien muss. Also hängt sie wahlweise an meiner Brust oder schreit oder kotzt, damit sie sich danach wieder an die Brust hängen kann, um wieder zu saugen. So drehen wir uns im Kreis. Und das macht mich müde. Sehr, sehr müde. Ich reiche ihr den kleinen Finger als Brustersatz. Am Ende, wenn das Kind schläft, sieht die Fingerspitze aus, als hätte sie vier Stunden gebadet. Naja. Hat die Fingerspitze ja auch. Und ich stelle fest, dass es anstrengend ist, das Kind mit einer Hand zu halten und den kleinen Finger der anderen Hand im Kind zu haben, während der Partner einem ein in Häppchen geschnittenes Schnittchen anreicht. Ich merke, ich würde mein Brot gern selber essen. Ich habe Angst, mein Finger löst sich auf, wenn ich das wochenlang so mache.

Habe ich erwähnt, dass es anstrengend ist, die gleiche Position im Bett für drei Stunden zu halten, weil das Kind sonst wach werden könnte, mit dem Finger im Kind? Könnt ihr euch vorstellen, dass es sehr, sehr müde macht? Es macht sehr, sehr müde.

Und hab ich erzählt, wie niedlich so ein Kind mit einem riesengroßen Schnuller mit einem goldenen Herz drauf aussieht, an dem es nuckelt? Nein? Es ist wirklich niedlich. Und stellt euch jetzt mal vor, dass dieses Kind mit geschlossenen Augen weil schlafend in einer Babytrage sitzt. Könnt ihr euch das vorstellen? Wie unglaublich schön das aussieht? Und noch besser: wie es sich nicht anhört?

Prinzipien. Pft! Mir doch egal!

Glanzmomente

Martinsumzug. Der Heilige Martin kommt angeritten. Das Liebkind (begeistert mit der Laterne, ansonsten sehr ahnungslos vom Gesamtgeschehen): „Mama, nimmt der jetzt eine Reitstunde?"

Das Baby ist da. Schon seit zwölf Wochen. Und seitdem ist es *da*. Für mich als Mutter bedeutet das, dass ich dreiundzwanzigdreiviertel Stunden am Tag mit meinem Kind verbringe. Es hängt an mir, im wortwörtlichen Sinne. Unsere Tochter im Speziellen ist ein Tragling, was bedeutet, dass sie in einer speziellen Babytrage an mir dran hängt. Denn dann ist sie ein sehr glückliches Baby und blickt dann entweder mit großen Augen neugierig in die Welt oder schläft. Für etwas so Fantastisches wie Babyschlaf tut man viel als Mutter.

Und da unsere Tochter sich entschlossen hat, tagsüber nur sehr ungern und unter Protest in den Schlaf zu finden, entscheidet man sich, das erwähnte ich ja schon beim letzten Mal, schnell und gerne für die Rückenschmerzen und gegen Ohrensausen.

Wenn das Baby weint, aber satt und gewickelt ist, kommt sie in die Trage und wird herumgetragen. Meistens weint sie dann noch ein wenig weiter. Aber nach zwölf Wochen weiß ich, was dem Baby gefällt. Sie mag Treppen. Also steige ich Treppen. Abends gerne mal eine halbe Stunde, manchmal mehr. Es ist mühsam, aber wenn ich an meine Ohren denke, nehme ich die nächste Stufe fast schon dankbar in Angriff und versuche, dem Kind seinen Schnuller zu verkaufen. Dazu warte ich eine Schreipause ab und nutze dann den offen stehenden Mund. Ist das Kind dazu noch wach, protestiert sie. Dann laufen wir das Treppenhaus noch weitere fünf bis siebzehn Mal auf und ab und ich warte auf die nächste Pause. Glücklicherweise ist sie ein meist zufrieden getragenes Baby und so dauert es kaum mal länger als eine Stunde, bis wir so weit sind, dass die Kleine schläft. Und natürlich besteht sie drauf, exklusiv bei mir zu schlafen. Warum auch immer, vielleicht ist es der Geruch nach Milch, aber bei mir weint sie bedeutend weniger.

Bei jeder Runde muss ich am Büro meines Gatten vorbei. Das klingt jetzt so geschäftlich, ist es aber nicht. Es ist ein Raum für private Papiere, Gäste, den Mann und seinen Laptop. Die Tür ist meistens offen. Wenn er keine Kopfhörer auf hat, kommt er irgendwann raus und schaut uns zu, wie wir Stufe für Stufe meistern und ich mich mit dem Kind unterhalte. Mein Beckenboden fühlt sich dazu an wie … naja, ich weiß gar nicht wie, aber nicht gut.

Dazu kommt, dass Treppensteigen zwölf Wochen nach der Entbindung mir immer noch wie die Besteigung der Kampenwand im Hochsommer vorkommt.

Ich schwitze. Ich schwitze wie ein Schwein. Ich keuche. Bei jeder Runde sieht mein Gatte mich an der offenen Tür vorbeiziehen. Müde, schnaufend, triefend.

Er schaut dann immer auf von dem, was er grade so macht und lächelt nett. Und ein Mal hat er auch was gesagt: „Sieh es als Rückbildungsgymnastik, hm, Schatz?"

Ich weiß ja, er meint es gut. Aber trotzdem, das sind die Glanzmomente einer Ehe.

Rat-Schläge

Heute beim Einkaufen:
Ein Fell liegt im Klamottenladen auf dem Boden.
Das Kind läuft drüber. „Ooooh, weich."
Zack, sitzt sie drauf. „Was ist das?"
Muttern: „Ein Kuhfell."
Entrüsteter Blick des Kindes. „Hat die Kuh das einfach hier
fallengelassen?"

Ich bin nicht in der Lage, für mein Kind zu sorgen und meine Mutter weiß das. Jeder weiß das, scheint mir. Aber meine Eltern wissen es am besten.

Deshalb stehen sie mir mit Rat-Schlägen zur Verfügung und ja, ich fühl mich zuweilen schon wie ein geprügelter Hund.

Es sind Gespräche wie diese:

„Sag mal, wie schläft denn das kleine Fröschelchen?"
(Ja, Fröschelchen!)

„In ihrem Bett."

„Ach so." (Das war ein ganz erleichtertes Ach so. Nicht so ein Aaah, im Bett also. Nein mehr so ein: Puh, sie hat ein Bett fürs Kind!)

„Ich dachte, sie liegt noch in deinem Bett."

Gesprächspause.

„Und wie?", fragt die besorgte Oma.

Ich frage nach: „Wie wie?"

„Na, hat sie es da warm?"

Ich: „Ja."

„Wie deckst du sie denn zu?" Erst jetzt kapier ich,

worum es geht. Es besteht wohl die Befürchtung, ich lasse das Kind des Nächtens a) erfrieren oder b) ersticke es in meinem Bett mit meinem Körpergewicht. Leichte Genervtheit stellt sich ein und der Wunsch, zu schockieren, also sage ich:

„Gar nicht."

Im Hintergrund grummelt der Großvater des Kindes irgendwas, das ich nicht verstehe, die Großmutter sagt, blind für Ironie: „Aber dann friert sie doch."

Ich: „Sie hat einen Schlafsack."

„Ach. Wie das?"

„Sie kann sich dann nicht abdecken. Das ist wärmer."

„Na, dann ist es ja gut."

Was sage ich jetzt dazu? Soll man dazu etwas sagen? Ich muss gar nicht. Ich darf gar nicht. Die Großmutter spricht nämlich schon wieder:

„Sag mal, ist es denn nicht zu kalt für das Kind in eurem Schlafzimmer?"

„Wir heizen."

„Bei uns wird das Schlafzimmer nie geheizt."

„Bei uns schon."

„Na, dann", die Oma scheint beruhigt. Im Hintergrund der Großvater: „Ach, unser Fröschelein."

Ich: „Warum fragst du?"

Sie: „Ach, nur so. Weil wir doch nicht heizen."

Jaja.

Eine Nacht

Kind vor dem Aquarium: „Mama, die Fische können so gut schwimmen, die brauchen gar keine Schwimmflügel!"

Gegen halb neun hab ich das Kind ins Bett gebracht. Mittlerweile geht das, ganz ohne Treppenhaus.

Sie war so müde, dass sie kaum noch getrunken hat. All meine Streichelversuche, um sie ein wenig bei Laune zu halten, sind gnadenlos gescheitert. Sie war einfach platt. Gut. Nein, schlecht. Denn ich weiß, dass ich sie für langfristige Nachtruhe um diese Uhrzeit eigentlich expressbetanken müsste. Das wurde also nichts. Da kann ich dann so viel streicheln wie ich will. Tochter schnarcht freudig los. Leider fehlt mir um diese Uhrzeit auch meistens die Motivation, weitere Schritte zum Kindwecken zu unternehmen, weil ich mich so fühle, als wäre ich tagsüber in einen Fleischwolf geraten. Also schlafe ich ein, meine Gliedmaßen vorsichtig um den Säugling drapiert, der, trotz geringer Körpergröße, mal mindestens das halbe Bett braucht, um die Ärmchen nach links und rechts von sich zu strecken.

Ich werde so liegen, bis das Baby das nächste Mal aufwacht, denn jede meiner Bewegungen könnte sie wecken – abgesehen davon will ich mich ja nicht auf ihren weit von sich gestreckten Arm legen, um dann von irgendwem, der ein besserer Elternteil als ich ist, zu hören, dass mir ja schon vorhergesagt wurde, ich würde dem Kind den Arm brechen, indem ich es neben mir schlafen lasse. Obwohl ich also total verrenkt daliege, schlafe ich schlagartig ein. Es ist 20.45 Uhr und damit klar meine Einschlafzeit, denn alles was ich jetzt nicht schlafe bleibt mir uneinholbar verwehrt. Um 21.30 Uhr kommt mein Mann ins Bett. Er geht von einer wachen, gesprächsbereiten Ehefrau aus, denn er wirft geräuschvoll und erwartungsfroh seine Kleidung zu Boden. Die Gürtelschnalle wummert auf dem Parkett und es reißt mich aus dem Schlaf.

„Ah, du bist noch wach", der Gatte rollt sich auf seiner Bettseite ein, rutscht dann eingekuschelt in meine Richtung und ich sage irgendwas, das wie „Mhm ..." klingt. Das soll heißen: äh, nein. Gar nicht wach. Nicht im Ansatz. Und ich will nicht reden, sondern schlafen. Ich will momentan gar nichts außer meinen Schlaf. Das wäre toll.   Ich habe sonst keinerlei Bedürfnis grade. „Mhm..." Aber der Ehemann beugt sich jetzt erst mal über mich, stützt sich auf meine ungemütlich hin drapierte Schulter und küsst das Baby. Dazu lächelt er über mich drüber.

Ich: „Mhm ..." Aber das war wohl noch immer nicht eindeutig genug. Er küsst nochmal, das Kind beginnt zu grunzen und zieht ein Ärmchen ein. Das ist ein sehr schlechtes Zeichen.

Also sage ich: „Sie schläft!" Sehr bestimmt jetzt, ich bin sicher, man hört das und ja, die Botschaft ist angekommen, der Druck auf meiner Schulter lässt nach.

Ich mach die Augen zu.

23:37 Uhr:

Neben mir wird geächzt. Ich versuche, das Geräusch zu ignorieren. Ich bin doch gerade erst eingeschlafen, just in diesem Moment. Das Ächzen wird lauter. Ich

mache die Augen auf und schaue in die weit aufgerisse-
nen Babyaugen meines Kindes. Dazu ächzt sie nochmal.
Alles klar, das Kind hat Blähungen. Hinter mir höre ich
den Ehegatten genüsslich schnarchen. Das Baby drückt
wie wild. Ich schlage ihre Decke zurück und hebe ihre
Beine an. Sie pupst, laut und vernehmlich. Als ich die
Beine ablege, ächzt sie erneut. Also beginnen wir das
Spiel von vorn. Irgendwann bin ich sicher, das Kind ist
fertig – mehr Pupse haben nicht Platz in so einem kleinen Körper. Drum bette ich die Decke wieder über sie.
Sie starrt mich immer noch an. Langsam dämmert mir,
dass die Kleine vorhin doch so fest geschlafen hat. Sie
wird doch nicht? Aber doch. Das Baby hat Hunger.
Während ich noch überlege, ob ich die Brust rausziehe
oder versuche, das Kind auf in zwei Stunden zu vertrös-
ten, der Zeit nämlich, wo sie normalerweise stillt, beginnt sie auch schon zu weinen. Sie hat meinen Gedanken erraten, ich bin sicher. In meinem Rücken schnarcht
meine bessere Hälfte noch lauter und ich stecke dem
Kind die Brust in den Mund. Genüssliches Schmatzen
ertönt.
23:55 Uhr:
Fertig. Das Baby schläft einfach so weiter, die Brust-
warze fest im Mund. Der Gatte bringt die letzten Re-
genwälder um. Ich versuche, eine Hand nach hinten zu
strecken, ohne dem Kind die Brust zu entreißen oder
noch schlimmer, gegen ihr Saugen anzuziehen und mir
so eine wehe Brust zu holen. Ich schaffe es! Vorsichtig
streichle ich meinem Ehemann über die Wange. Nichts.
Er sägt ohne Unterlass. Ich streichle intensiver. Nichts.
Ich rüttle ein wenig seinen Arm. Kein Erfolg. Ich halte
ihm die Nase zu: Nichts! Keine Reaktion! Wie kann er

jetzt darauf nicht reagieren?

Mittlerweile hat das Baby die Brust losgelassen. Ich drehe mich um und rüttle beidhändig am Ehemann. Es hilft. Er dreht sich. Sehr schön. Beim Zurückdrehen merke ich einen Stich ins Kreuz. Alles klar, die Konsequenz des Arme und Beine ums Kind Sortierens. Aua.

4:00 Uhr: Siehe 23:37 Uhr – 23:55 Uhr.

5:15 Uhr:

Die Kleine drückt wieder. Wenige Pupse, also ist klar: sie kommt allein gerade nicht so gut mit ihrer Verdauung zurecht. Ich mache Gymnastik mit ihren Beinchen. Ich streichle sie. Ich schiebe ihr den Schnuller zur Beruhigung in den Mund. Ich massiere den Bauch. Sie drückt. Also kommt die letzte Alternativlösung zum Einsatz. Ich nehme das Kind und lege es bäuchlings auf mich, ihr Kopf ruht auf meiner linken, leergetrunkenen Brust. Sie schläft ungerührt weiter, während sie drückt und drückt. Ein Spuckefaden meiner Tochter läuft mir den Hals hinunter und tropft ins Bett. Mein Ehemann schläft mindestens genauso gut wie das Kind und schnarcht in nie gekannter Tonlage.

6:30 Uhr: Der Wecker des Gatten klingelt. Und das laut. Meine Tochter schlägt die Augen auf. Sie pupst dazu. Ich dreh mich mit ihr auf die Seite, damit ich meinen Mann anschauen kann. Er hat mit einer Hand den Wecker ausgeschaltet und liegt mit geschlossenen Augen da. Leise nuschelt er: „Boah, bin ich müde. Ich könnt noch ne Stunde." Das Baby weint. Sie hat Hunger. Guten Morgen!

Lichtwesen

Wir gehen spazieren. Ein wahnsinnig hässlicher Hund läuft an uns vorbei.
Das Kind beugt sich hinunter und sagt: „Na, du süßes Mäuslein?"

„Kinder sind Lichtwesen", sagt der Osteopath. Kinder heutzutage müssen einfach zum Osteopathen. Da muss eigentlich jeder hin, der was auf sich hält, weil das schmerzfrei ist und Wunder wirkt, sagt man so.

„Sie streben nach dem Licht. Die Menschen sind hell oder dunkel. Babys sehen das. Ich kann es auch sehen." Seine ungebändigte Lockenmähne wallt zu seinen Worten auf und ab.

Ich frage mich, ob ich wohl ein helles oder ein dunkles Wesen bin.

„Es dreht sich doch alles um den Energiefluss."

Ich nicke ergeben. Was soll man dazu auch sagen?

„Kinder spüren die Energie."

„Mhm."

„Ihre Tochter hat einen gestörten Energiefluss zwischen hier und hier."

Er zeigt auf ihren Hinterkopf und führt seine Hand am Hals entlang nach vorne. „Hier ist die Leber. Sie ist angegriffen und vergiftet den Körper Ihres Kindes." Ich nicke wieder – was soll ich dazu sagen?

Meine Tochter schreit. Sie schreit laut, denn jemand

Fremdes hat ihr von hinten an den Hals gefasst. Mir kommt das recht gesund vor, in so einer Situation möglichst laut nach der Mutter zu brüllen, wenn man selbst hilflos auf dem Rücken liegt und sonst nichts tun kann.

Der Osteopath sagt, das ist ganz und gar nicht normal. Er sagt, meine Tochter hat ein großes Problem. Ach, mehrere große Probleme! Da ist nicht nur die Leber, da ist auch der Atlas und die Verbindung zwischen den beiden, alles kommt von einem Geburtstrauma. Daher auch die Angst.

„Da", er schaut mich jetzt ganz eindringlich an, „müssen Sie intervenieren. Sie muss ..."

„Bitte?" Ich höre ihn so schlecht. Meine Tochter brüllt steinerweichend.

„... schreien. Sie muss schreien!!"

Ich schau wohl ein wenig blöd grade. Meine Tochter muss nicht schreien. Sie soll es auch nicht müssen. Erstens hab ich wenig Interesse an Migräne, zweitens soll sie lernen, dass jemand kommt, wenn sie ruft. Urvertrauen entwickeln nennt man das doch so schön. Jedenfalls dachte ich das bis gerade eben. Vielleicht bin ich mit meiner Denke aber total auf dem Holzweg? Dann sagt der Osteopath: „Sie müssen ihr auch den nötigen Rahmen geben. Damit sie Vertrauen erlernt."

Gut, denk ich, aber beißt sich das nicht mit der Aussage von eben grade?

„Denken Sie dran, Ihr Kind ist ein Lichtkörper. Sie erkennt die Schwingungen ihrer Umgebung."

Und ich frage mich: Was, zur Hölle, mach ich hier grade?

Herzukommen war eine Verzweiflungstat. Ich war müde, ausgelaugt, leergesogen. Ich wollte wieder schlafen, egal um welchen Preis. Der Kinderarzt hat dann zu einem Besuch bei einem Osteopathen geraten. Ich wäre in meiner schlaflosen Lage zu jedem Wunderheiler gegangen. Und jetzt sitz ich hier, mein Kind liegt auf einer Behandlungsliege und schreit so fürchterlich wie selten und mein Gegenüber hat angefangen, sich langsam mit geschlossenen Augen nach links und rechts zu wiegen. Dazu hält er mein schreiendes Baby im Nacken fest. Das Liebkind ist feuerrot im Gesicht und alle meine Muttergefühle schreien laut auf. Ich möchte das Kind am liebsten schnappen und weglaufen …

Wenn da nicht meine Unsicherheit wäre, ein kleines bisschen Hoffnung, dass die Behandlung uns doch hilft und dieses immense Schlafbedürfnis.

Ich bin strumpfsockig. In diese Praxis geht man nicht mit Schuhen.

„Teppichboden", sagte der Wunderheiler. Ich zog brav die Schuhe aus. Jetzt komm ich mir total bescheuert vor.

Während ich auf meine halbkaputten Socken starre, erkenne ich, wie groß das Ausmaß meiner Verzweiflung tatsächlich ist, denn sonst wäre ich sicher schon längst gegangen. Spätestens beim Wort „Lichtgestalt". Bin ich aber nicht. Ich sitze hier noch und singe beruhigende Lieder, die mein weinendes Kind ignoriert, offensichtlich zu verzweifelt zum Zuhören. Und der Mann mit den wallenden Locken wiegt sich hierhin und dorthin.

Nachdem er die Hand von meinem Kind genommen hat, hört sie auf zu weinen, schlagartig. Sie lacht und gluckst und freut sich, endlich wieder in meinem Arm zu sein. Dann schmiegt sie sich an meine Halsbeuge.

Der Osteopath sagt: „Sehen Sie, sie kriegt schon

mehr Vertrauen."

Ich denke: Naja. So ist sie immer. Vor allem, wenn man sie in Ruhe lässt und sie bei mir sein darf, ruhig und ungestört. Das hat nun wenig mit seiner Behandlung als vielmehr mit der Unterbrechung selbiger zu tun. Ich nicke trotzdem wieder brav (vielleicht wird sie schlafen, ich hab die Hoffnung nicht ganz aufgegeben!)

Der Osteopath sagt: „Geben Sie ihrem Kind Rescuetropfen."

Dann fügt er noch hinzu, dass sie ihre Ängste mal so richtig durchleben muss, dann wird es besser.

Der Mann hat unheimlichen Mundgeruch. Ob meine Tochter deswegen so geweint hat?

Er sagt: „Drei Sitzungen und ihr Kind schläft durch."

Ich nicke und – ja, ich hoffe. Ich hoffe tatsächlich einen kurzen Moment, dass ein Mann, der an Lichtkörper und Auren glaubt, mein Kind schlafen machen kann.

Es wird wirklich Zeit, zu gehen.

Ich schnappe mir mein Lichtwesen und sehe zu, dass ich Land gewinne.

Nein, ich war dort nicht mehr. Meine Tochter hat nach dieser einen Sitzung leider auch überhaupt kein bisschen besser geschlafen.

Und man muss es ja nicht übertreiben mit der Helligkeit.

Eltern sind Memmen

„Schau mal Mama, ganz viele Löwenzähne!"

Eltern sind ja schnell als Memmen verschrien bei Nichteltern. Da sagt man dann so was wie: „Stell dir vor, wegen dem bisschen Mittagsschlaf können die mittags nicht mehr essen gehen. Also wenn ich mal Kinder hab, mach ich das ganz anders. Da muss das Kind schon nach meiner Pfeife tanzen."

Ich war auch mal Nichteltern. Ich kenne das. Verächtlich habe ich die Eltern angelacht (und aus), die mir erzählten, dass sie abends zu Hause sind und auf Zehenspitzen durch ihre Wohnung schleichen. Nun, schleichen tun wir immer noch nicht. Aber leise gehen schon, wenn das Kind schläft. Und Mittagessen waren wir nicht mehr, seit das Kind seinen Schlaf auf Mittag gelegt hat.

Schon mal versucht, mit einem total übermüdeten Kind ein Schnitzel zu essen und das dann noch zu genießen? Ich schon, ich kenne das.

Das Kind windet sich im Arm, will aber im Arm sein. Es will *kein* Schnitzel, es will Aufmerksamkeit. Es möchte auch nicht, dass man als Eltern satt ist, es ist dem Kind so ziemlich das Egalste der Welt, ob man verhungert, Hauptsache Attention. Schlafen will es natürlich auch nicht, muss es seiner Meinung nach auch nicht. Es hat ja schon mal irgendwann geschlafen. Warum also wieder?

29

Irgendwer hat mal gesagt, dass es toll wäre, wenn der Mutter mit jedem weiteren Kind auch ein weiterer Arm wachsen würde und ich stimme dem zu. Vollumfänglich. Es wäre eine absolute Bereicherung, einen dritten Arm zu meiner Tochter mit dazu geliefert bekommen zu haben – die Optik ist mir doch egal. Ein Arm würde sie wiegen, einer das Schnitzel schneiden und eine Hand würde genüsslich die Gabel zum Mund führen. Toll wäre das.

Ich hab aber keinen dritten Arm. Also bleib ich zu Hause über Mittag und kommentiere das geringschätzige Lächeln meiner kinderlosen Bekannten mit einem wissenden. Ich weiß, was auf sie zukommt. Ich kenne das.

Alteltern sind auch schnell als Memmen verschrien bei Neueltern, denn Neueltern wissen noch ganz genau, wie man das mit dem Kind macht. Sie haben viel mehr Ahnung als Alteltern. Bleiben wir beim Beispiel Schlaf. Einem Neugeborenen ist es herzlich egal, wo und wie es schläft. Auch welcher Geräuschpegel dazu herrscht, juckt es wenig. Das liegt daran, dass es müde von der Geburt ist, müde vom Essen, müde vom Gucken, müde von dem ganzen Neulebenhaben. Dummerweise bleibt das nicht so. Irgendwann ist man nicht mehr müde vom Gucken, vom Essen, vom Neulebenhaben sondern bestenfalls interessiert an mehr. Immer, immer mehr. Schlaf wird dann zur totalen Zeitverschwendung, der es gilt mit viel Protest entgegenzuwirken – mit allen Mitteln. Da gilt alles. Schreien, grinsen, toben, treten, brüllen, aufstehen, den Po in die Luft strecken, sich drehen, sich winden und die Augen reiben.

Aber das wissen Neueltern noch nicht. Sie sagen

Dinge wie: „Also tagsüber soll mein Kind gewohnt sein, dass es überall und bei allen Geräuschen schläft. Da soll das Kind nach meiner Pfeife tanzen."

Triff diese Eltern mal ein paar Monate später, wenn das Kind ohne Hamptidampti den Hasen (oder Roland, die räudige Musikrennschneckenspieluhr, der man am liebsten einen Vorschlaghammer kräftig ins Spielwerk jagen würde, weil man die Melodie nicht mehr hören kann) schlicht überhaupt nirgendwo mehr hin kann, weil das Kind sonst gar nicht mehr weiß, wie es schlafen soll. Triff sie dann, wenn sie am Brenner umkehren, weil Kasimir, das gelbe Schnuffeltuchmäuschen noch auf dem Wäschetrockner liegt und ihr Nachwuchs seit München nach ihm weint.

Sie werden sich gar nicht mehr daran erinnern, dass sie jemals auch nur im Traum daran gedacht haben, ihr Kind könne schlafen, während ihm der Staubsauger im Ohr kitzelt.

Und auch Nichteltern, die plötzlich doch ein Kind haben und am Abend auf der Couch sitzen, weil es so gemütlich ist, wenn das Babyphon-Licht alles in rötlichen Schimmer taucht, werden es dann wissen, werden die universal gültige Elternwahrheit erkennen: Sie haben gar keine Pfeife.

Kinderwagen

„Oh, Mama, schau mal, ein Babyboot! Das kann bestimmt noch nicht schwimmen."

Mein Kind und sein Kinderwagen waren Feinde von Geburt an. Jedes Kind schläft im Kinderwagen ein. Das ist eine feststehende Tatsache. Jeder Mensch auf der Welt weiß das! Meines nicht. Es weiß das offenbar nicht. Wenn wir wollen, dass sie sich so richtig ausschreit, legen wir sie in den Wagen – also nie.

Alle paar Wochen haben wir es anfangs wieder probiert mit dem Kinderwagen und der Tochter, aber immer wieder wurden wir eines Besseren belehrt. Keiner von uns Eltern will, dass das Kind tiefrot bis bläulich im Gesicht vor sich hin leidet.

„Das wird schon noch", sagt die Großmutter und tätschelt mir wissend die Hand.

„Weißt, ein Baby muss halt auch mal schreien", sagt der Großvater wissend.

Ich muss allerdings das Geschrei hören. Und sie kann gut schreien. Sie brüllt, bis sie blau ist. Sie brüllt, dass Menschen aus ihren Häusern herauslaufen und mir gute Ratschläge geben.

„Das Baby hat Hunger, gell?" Wenn ich diesen Satz nochmal hören muss, schreie ich! Ich bin sicher, niemandem ist so oft erklärt worden, dass sie ihr Kind füttern soll wie mir.

Fazit ist, der Wagen und meine Tochter vertragen sich nicht, weder satt noch müde. Es geht einfach nicht.

Also legte ich sie nach vier Wochen eisernen Versuchens nicht mehr rein. Ich trage sie freiwillig überall hin.

Ein paar Wochen später jedoch fing sie an, in der Babyschale auf Einkaufswagen nicht mehr ganz so unzufrieden auszusehen. Wieder schöpften wir – und damit insbesondere mein gequälter Rücken – neue Hoffnung. Also haben wir uns nach einem Kinderwagenadapter für unseren sauteuren Hightech-Babywagen umgesehen, damit wir die Babyschale darauf befestigen können.

Nun muss man wissen, dass wir uns für den extrasportlichen Geländekinderwagen entschieden haben. Er hat nicht nur Luftreifen, er wird auch nur in Neuseeland hergestellt, sprich: Das Ding ist schwer zu kriegen, Ersatzteile auch.

Es gibt aber einen Fachhändler in der nahen Kleinstadt, also nichts wie hin. Wir kommen dort an, das Kind ist in der Babytrage, wie immer und der Gatte trägt die Babyschale, während ich den leeren Kinderwagen zusätzlich schiebe.

Wir erklären unsere verzweifelte Situation. Als der Händler das Kind sieht, sagt er mit einem Grinsen: „Und da wundern Sie sich?"

Unsere Tochter ist zu diesem Zeitpunkt vier Monate alt und wir wundern uns eigentlich überhaupt über gar nichts mehr. Trotzdem sind wir ein wenig überrascht. Die Kleine schaut um sich mit großen Augen und gluckst ein bisschen. Ihr Blick bleibt an dem Kinderwagenfachmann hängen und sie strahlt ihn an.

„Na, die ist zu neugierig für die Babywanne. Da sieht sie nichts. Im Maxicosi wird das besser funktionieren." Und er hat recht! Sie fährt im Kinderwagen und schaut sich um. Wir kutschieren unser Kind jubilierend durch die Stadt. Ha! Ist sie nicht super? Jedes Kind fährt gern im Kinderwagen. Unseres auch. Der Kinderwagenadapter kommt uns vor wie die grandioseste Entwicklung in der Geschichte der Menschheit und unser Nachwuchs geradezu unfassbar intelligent.

Nach einer halben Stunde sind wir allerdings völlig ernüchtert. Ich trage unsere Tochter wie gewohnt in ihrer Babytrage. Mein Mann schiebt den leeren Kinderwagen mit dem wunderbaren Aufsatz für die Babyschale.

Langsam bekommt das Kind wieder eine normale Gesichtsfarbe.

Zeitfenster

Das Kind fegt die Wohnung. „Mama, guck mal, ich bese!"

Man sagt, Kinderschlaf findet nach Zeitfenstern statt. Es gibt also gute Zeiten, das Kind hinzulegen und eher weniger gute. Das muss man wissen. Ich weiß es zum Glück. Aber helfen tut es mir auch nichts, das zeigt die folgende Geschichte.

Ich schwöre, vor zwei Sekunden noch war die Welt völlig in Ordnung. Das Kind lag auf dem Spielteppich und hat getan, wozu der Teppich gut ist. Dann, schlagartig, kommt die Attacke. Ein markerschütternder Babyschrei. Okay, denkt Muttern, ganz klar: Dem Kind ist langweilig. Ich interveniere und ziehe die Spieluhr auf. Der Schrei wiederholt sich. Okay, das also nicht. Ich lege ein Fühlbuch vor. Nein, auch nicht. Die Rassel? Alles klar, der Teppich ist doof, das Liegen ist doof, die Welt ist doof. So.

Ich entscheide schnell und flexibel: Dann ist jetzt Zeit zum Einkaufen. Ich hebe das Kind hoch und trage es zum Wickeltisch. Suuuper, denkt das Kind, Windeln runterwerfen. Macht sie. Klappt toll. Die Stimmung ist wieder gut. Ich packe das angezogene Kind in die Tragehilfe. Also das ist jetzt aber gar nicht gut. Das Kind brüllt. Ich sage: „Aber du bist doch in der Trage."

Das weiß sie schon. Es ist aber dennoch blöd, findet sie. Ich greife zum letzten Hilfsmittel, mir fällt fast das Ohr ab. Der Schnuller muss her. Als er im Kind ist, bricht das Brüllen ab. Das Kind lehnt sich erleichtert an die Mutter, schließt die Augen. Sie ist müde. Ach so. Also gut, dann geht sie jetzt ins Bett. Ich trag doch kein schlafendes Kind durch die Gegend, wenn ich stattdessen meine Ruhe haben kann.

Dann ist das Liebkind im Bett. Mein Kind dreht sich dankbar auf die Seite, greift meine Hand, macht die Augen zu. Das alles noch in Winterjacke und mit Mütze und Winterschuhen. Ich will schließlich das mir zur Verfügung stehende Zeitfenster für Schlaf nicht strapazieren, wer weiß schon, wie lang es ist. Unruhig streichelt das Kind meine Hand. Streichelt, streichelt. Dann dreht sie sich auf den Rücken. Wenn man sie kennt, weiß man: das verheißt nichts Gutes. Sie brüllt wieder, dreht sich zurück, öffnet auffordernd den Mund, will den Schnuller zurück, nuckelt. Dann dreht sie sich wieder. Das Spiel beginnt von vorne. Schnuller rein, Schnuller raus, Gebrüll. Schnuller wieder rein.

Schlaf, Kind, denk ich, und sing leise das Lalelu gegen das Brüllen an. Aber nichts hilft – sollte das Zeitfenster schon vorbei sein?

Ich öffne den BH, präsentiere die Wunderwaffe. Nein, auch die wird nicht gewünscht. Der Mund des Kindleins ist weit aufgerissen, die Tränen kullern wie verrückt. Vielleicht ist ihr zu warm? Ich ziehe die Winterjacke aus, die Mütze. Sie brüllt weiter. Doch die Brust? Nein. Ich hebe sie aus dem Bett, tröste, summe nochmal das Lalelu. Sie brüllt, brüllt, brüllt. Ich singe das verflixte Lalelu. Hört sie mich überhaupt? Ich schiebe den Schnuller in den weit geöffneten Mund. Kurz saugt sie an, ich habe Hoffnung, lege sie neben mich. Sie brüllt. Ich zeige nochmals die Brust. Sie brüllt. Dann habe ich eine völlig dämliche Idee.

Ich lege mich auf die andere Seite des Kindes, zeige ihr, dass ich tatsächlich noch immer beide Brüste habe und – sie hört schlagartig auf zu heulen. Freudig reißt sie die Schnute auf und beginnt zu trinken, von letzten Schluchzern unterbrochen, trinkt immer weiter.

Als sie fertig ist, greift sie nach ihren winterbeschuhten Füßen. Hat man ja auch noch nicht gesehen, so was, scheint sie sich zu denken und bestaunt sie mit großen Augen.

Aber das geht jetzt nicht, das Zeitfenster, ihr erinnert euch? Ich leg sie wieder in ihr Bett zurück. Kurz dreht sie sich zur Seite und macht sie die Augen zu, dann – brüllt sie. Warum auch nicht, denk ich. Sie kann es ja so gut.

Also will sie nicht mehr schlafen. Scheiß Zeitfenster! Schon wieder vorbei. Ich zieh sie an, während sie brüllt. Winterjacke und Mütze. Dicke Tränen. Aber ich will trotzdem einkaufen gehen. Ich singe probehalber nochmal das Lalelu. Nein, ich glaube nicht, dass sie mich hören kann.

Dann nehme ich das angezogene Kind hoch und geh zum Vorhang. Da dran ziehen fand sie schon immer schön und ja, sie hört auf zu brüllen. Dafür beginnt sie schlagartig, sich die Augen zu reiben. Ist da etwa schon ein neues Zeitfenster? Oh, jetzt aber schnell. Ich ziehe das Kind wieder aus und leg sie ins Bett. Sie brüllt und ich gebe auf, ganz ohne Lalelu. Ich nehm sie hoch und sage, sie ist ein armes Kind (eine glatte Lüge, aber das Kind springt drauf an!). Sie weint nicht mehr. Ich geh mit ihr zurück zum Spielteppich. Sie juchzt und schnappt sich die Rassel. Alles klar. Ich atme auf und geh zur Kaffeemaschine. Da bahnen sich leise Kopfschmerzen an. Gerade als ich den Knopf für Espresso drücke, brüllt sie wieder. Was jetzt? Die Spieluhr? Ich eile. Sie brüllt. Die Spieluhr ist keine Lösung.

Das Kind reibt sich die Augen, stampft ihre Füße in die Spieldecke.

Ich rase mit ihr (sie brüllt) zurück zum Bett – wie kurz sind diese verfluchten Zeitfenster, bitte? Dann liegt sie da, auf der Seite, der Mund öffnet sich leicht, bereit zum Empfang des Schnullers. Ich steck ihn rein, so schnell ich kann. Unruhig streichelt sie meine Hand, brüllt aber nicht. Dann dreht sie sich auf den Rücken. Ich spüre leichte Panik. Sie macht ein leises Jammergeräusch. Ich drehe sie schnell auf die andere Seite. Unruhig streichelt sie meine Hand, ganz unruhig. Dann seufzt sie und hört auf, meine Hand zu streicheln. Das Lalelu vielleicht? Nein, lieber nicht, jetzt würde sie es hören. Endlich, endlich ist sie eingeschlafen.

Stuhl-Gänge

Kind sitzt auf dem Topf.
Es ist völlig in die Tätigkeit versunken.
Dann sagt sie:
„Plötzlich hat das Liebkind einen Stinker gemacht.“

Meine Tochter hat mich hungrig geweckt und ihre Morgenmilch gierig getrunken. Dann stürzt sie sich freudig brabbelnd auf ihren Vater. Er gluckst. Sie auch. Anschließend wirft er sie in die Luft und ein Schwall weiße Kotze ergießt sich ins Bett. Der Vater gluckst nicht mehr, das Kind bleibt unbeirrt.

Nachdem das Bett frisch bezogen ist zieht er mit dem grinsenden Baby auf die Wickelkommode, das Kind anziehen.

„Du, die Windel war nicht dicht“, werde ich informiert. Der Schlafanzug und der Schlafsack wandern in die Wäsche. Der Nachwuchs wird ganzkörpergewaschen und bekommt eine frische Windel.

Im Erdgeschoss beginnt unser Kind dann umgehend damit, die Bauklötze einzeln aus einem Eimer aus- und wieder einzuräumen. Plötzlich läuft sie knallrot an.

„Du bist dran“, sagt der Vater.

Ich schnapp mir das stinkende Kind und gehe zum Wickeltisch.

„Wie sieht es aus?“, schreit der Vater.

„Nicht mehr grün.“

„Puh“, sagt der Vater. Ich bin auch erleichtert. Sie

zahnt also nicht mehr. Dafür strampelt sie – und das wie wild. Ihre Füße und Oberschenkel sind voll Kacke. Sie lacht fröhlich. Die Klamottengarnitur ist auch betroffen.

Alles wandert in die Wäsche.

Ich fang an, die Tochter am ganzen Körper zu waschen und lege schon mal eine frische Windel unter den Po. Sie dreht sich nach links, sie dreht sich nach rechts. „Hältst du bitte mal still?", sage ich.

Sie lacht und macht: „Brrr. Baglll. Biiiaaa."

Dann dreht sie sich wieder nach links und schubst mit der rechten Hand den Tageswindelvorrat von der Wickelkommode. Es rumpst laut. Sie guckt, lauscht. Dann lacht sie und sagt: „Brrrbaglbiii."

Ich schaffe es, sie sauberzumachen. Als ich die Windel schließen will, hält sie ganz still. Ich bin begeistert. Kooperation! Oder? Nein! Sie pinkelt. Als das Kind fertig ist, bücke ich mich auf den Boden und hebe eine weitere frische Windel auf. Meine Tochter dreht sich nach links, sie dreht sich nach rechts. Sie schimpft, als ich ihr die Strumpfhose hochziehe. Dann dreht sie sich wieder nach rechts.

Ich trage das Kind, das glaubt, es ist ein Aal, zurück ins Wohnzimmer. Auf dem Tisch steht der Kaffee. Ich setze mich, meine Tochter auf dem Schoß. Beherzt greift sie nach dem Tischset, ich rette meine Tasse mit Mühe und schaffe es, nur einen winzigen Schluck zu verschütten. Glücksstrahlend beißt das Kind in das Tischset.

Sabber läuft ihr auf den Pulli.

Dann sieht sie die Kekse zwischen uns und wird unruhig. Ob sie wohl Hunger hat, frage ich mich, sie hat schließlich die Milch über dem Bett ausgeleert. Unruhig tritt sie mit den Beinen. Das ist ein Zeichen. Hunger!

Ich schmiere ein Leberwurstbrot und gebe ihr ein winziges Stückchen in die Hand, der ich davor das Tischset unter Mühen entwunden habe. Dann wandert sie mit dem Minibrot in ihren Hochstuhl. Sie steckt sich das Brot in den Mund und holt es dann wieder raus. Diese Tätigkeit wiederholt sie vier Mal. Den Matschebrei in ihrer Hand inspiziert sie nach jeder Wiederholung genau und sagt „Brrrbaglbiii" dazu. Nach dem vierten Mal nimmt sie die Masse in ihrer Hand letztmalig in Augenschein, bevor sie sich mit einer einzigen ausladenden Bewegung den Wurstbrotbrei auf ihren Kopf spachtelt. Sie pupst und lacht Beifall heischend in die Runde. Anschließend macht sie das Handzeichen für „mehr". Ich seufze. Das Kind gluckst. Ihr Vater auch.

Ich reiche dem Kind ein weiteres Stückchen Brot. Es verschwindet im Mund. Das Kind läuft rot an und hält schon wieder ganz still. Es stinkt. Meine Tochter grinst mich an. Ein Blick verrät mir: die Windel hat es nicht geschafft, mit diesem Albtraum zurechtzukommen. Ich schaue zu meinem Gatten.

„Tut mir leid", sagt der und schafft es, dabei wirklich mitleidig auszusehen, „aber ich muss jetzt zur Arbeit!"

Kostverachtung

Wir fahren mit dem Bummelzug. Mir gegenüber sitzt eine korpu-
lente ältere Frau.
Das Liebkind ist ganz aufgeregt.
„Mama, ist das die Dickmadam?"

Was haben Kürbismus und – hm – sagen wir mal „Birne in Banane mit Apfel" aus dem Glas gemeinsam? Meine Tochter. Was verbindet Zucchinibrei und Reisflocken? Auch meine Tochter.

Ich könnte beliebig Nahrungsmittel, die geeignet für Kinder ihres Alters sind, einander gegenüber stellen und am Ende wäre das Ergebnis immer das Gleiche: Meine Tochter und die Tatsache, dass sie das alles für völlig ungenießbar hält. Ganz offensichtlich empfindet sie jedes bisher ausprobierte Gericht aus dem Repertoire der Babynahrung als Beleidigung für ihre Geschmacksnerven. Sie schüttelt sich und sieht aus, als wollten wir sie umbringen. Ihre Mundwinkel wandern nach unten und ihr Oberkörper soweit nach hinten, wie die Lehne ihres Hochstuhles ihn lässt. Der Löffel wird zum erklärten Feind – außer sie hat ihn selbst in der Hand, dann wirft sie ihn schwungvoll über ihre Schulter und lauscht dem leisen Geklapper, mit dem er den Fliesenboden trifft.

Jetzt ist sie dabei gar nicht wirklich mäkelig.

Es gibt Lebensmittel, die sie einfach wundervoll findet. Räucherlachs, Parmesankäse, Leberwurst und Weißmehlbrötchen beispielsweise.

42

Die Weißmehlbrötchen, das sollte man wissen, ist der Alptraum jeder pädagogisch verantwortungsbewussten Mutter, weil sie Zucker ist. Versteckt zwar, aber Zucker.

Ein weiteres rotes Tuch der vorbildlichen Mutterschaft ist natürlich das Salz. Zu viel Salz ist fast noch schlechter als der versteckte Zucker. Denn die Leber wird belastet. Und die Nieren. Der kleine Kinderkörper leidet – versteckt zwar, aber doch – fürchterliche Qualen. Meine Tochter mag Muttermilch, sonst wären ihre Nieren vermutlich schon Matschepatsche. Die war aber auch nur bis zum Alter von sechs Monaten als ausschließliche Nahrung toleriert. Ich dagegen stille mit zehn Monaten immer noch voll und beantworte immer wieder gerne die Frage: „Ja, wird die denn noch satt???" Die Vielzahl der Fragezeichen steht für das gezeigte Entrüsten der Fragenden. Einstweilen grinst mein Zehnkilokind, während andere Kinder begeistert vom Löffel essen und denkt sich ihren Teil.

Gut ist, was aus dem Glas kommt. Das sieht man ja in jedem Supermarkt. Beispielsweise, das habe ich gelernt, ist Lasagne püriert mit Parmesankäse aus dem Biobabyglas durchaus geeignet für Kinder im Alter meiner Tochter. Selbstgekocht? Ich weiß nicht recht. Wo krieg ich denn salzfreien Parmesankäse her?

Ab nächstem Lebensmonat, das steht auf der Packung, eignet sich auch Kaiserschmarrn mit Apfelmus von der Firma mit dem Doppel-P fantastisch, um mein Kind zu ernähren. Der ist dann schon püriert. Da ist dann auch das Weißmehl drin, egal, ist ja Bioweißmehl. Das muss dann gut sein. Außerdem steht da dann drauf, dass es für Kinder in diesem Alter gut ist. Also stimmt das dann pauschal. Oder? Ich meine, es gibt ja alles im Glas – von Guten-Morgen-Brei über Biopasta bis hin zu Gute-Nacht-pappsatt-Brei. Man muss es dann nur noch aufwärmen. Das ist unheimlich praktisch.

Es gibt sogar Babywasser. Also Wasser für Babys, ganz speziell auf die Bedürfnisse des Kindes abgestimmt. Ich weiß gar nicht, ob Erwachsene das überhaupt trinken dürfen.

Nur blöd, dass meine Tochter sich nicht politisch korrekt verhält und ihren Mund einfach zu lässt, wenn ich ihr mit dem Zeug komme.

Wir haben es versucht. Ich hab so ein Glas gekauft, es aufgemacht und fast ge.... Entschuldigung. Ich hab jetzt ein Kind. Ich verwende das Wort nicht mehr. Was ich sagen will: Es roch fürchterlich. Ein bisschen wie kleingestampfter, aromatisierter Pappkarton.

Wäre ich meine Tochter, ich würde ganz sicher so dreinschauen, als wollte man mich umbringen, wenn ich das essen sollte. Ich würde mich so weit nach hinten wegdrücken, wie ich könnte und, gäbe man mir den Löffel, das Ding so weit hinter mich werfen, wie irgend möglich. Selbstredend würde ich den Mund fest, sehr fest geschlossen halten.

Dafür stehe ich mit meinem Namen.

Der wilde Zeigefinger

Das Liebkind sagt: „Ich hab eine Scheide – und du auch."
Ich bestätige.
Sie sagt: „Aber du hast da noch so was dran."
Ich schaue fragend drein.
Sie: „Einen Bart!"

Meine Tochter hat einen wilden Zeigefinger. Dieser kleine Zeigefinger ihrer rechten Hand steuert sie. Und er steuert mich. Ganz plötzlich hat sie ihn eines Tages in ihrem zehnten Lebensmonat ausgefahren. Seitdem zieht sie ihn nur zum Schlafen ein. Ansonsten deutet der Finger wild durch die Gegend. Er zeigt mir, wo sie hingehen will, was sie sieht, wo sie es sieht. Energisch bewegt er sich in Richtung Bücher oder Bauklötze – je nach Gusto.

Wenn das Kind Obst isst und die verschiedenen Sorten vor ihr auf dem Teller liegen, zeigt sie genau an, ob der nächste Bissen Ananas sein darf oder Apfelsine. Sie gestikuliert wie verrückt. Manchmal, in dem Fall, dass wir Eltern besonders gut darauf anspringen, ihre Nuancen des Deutens erfolgreich unterscheiden können, klatscht sie begeistert in die Hände, bevor der Finger in Richtung Bananen weiterwandert. Es ist anstrengender geworden mit dem Zeigefinger. Er bestimmt die Richtung, ist wegweisend für ein neues Zeitalter, das des bewussten Wollens. Der Finger meines Kindes und ich sind uns nämlich nicht immer einig darüber, wohin es gehen wird. Angenommen, meine Tochter will das Licht im Wohnzimmer einschalten und ausschalten, einschalten und ausschalten, einschalten und – dann sage ich: „Och, Süße, komm, wir spielen mit den Holzfiguren." Aber das stößt dann auf wenig Gegenliebe. Achtunddreißig Mal das Licht einschalten ist auch nicht genug. Auch nicht, wenn ich dazu brav sage: „Licht an. Oh, jetzt ist es aus. An. Aus. An." Nein, das ist nicht genug! Es ist zu wenig. Im Alter meiner Tochter liebt man die Wiederholung. Der Zeigefinger tanzt vom Lichtschalter zur Lampe und zurück. Es beeindruckt sie schlicht. Auch noch nach achtunddreißig Mal ein und aus und so weiter.

Wenn ich dann also dezent auf die Holzfiguren verweise (die ich, sollte ich den Lichtschalter je verlassen dürfen, mindestens dreiunddreißig Mal in den Bauernhof und wieder heraus schlichten werde), heult sie. Der Finger wird energisch, er zerrt am kleinen Körper meiner Tochter, der wirft sich hinter dem Finger her, alles ist Widerstand, sie beugt sich und streckt sich, um ihrem Finger hinterher zu kommen und sie heult, als gäbe es kein Morgen.

Aber noch bin ich stärker und die Holzkuh gewinnt am Ende. Der Finger hat aber auch sein Gutes. Ich weiß jetzt, dass Wurst allein nicht schmeckt, Wurst in Obstpüree aber lecker ist. Ich weiß, dass meine Tochter weiß, wer Oma ist und wer Opa. Mir entgeht kein Hund mehr, der irgendwo im Dunstkreis unseres Kinderwagens weilt, denn der wilde Finger hat einen Radar für Tiere aller Art.

Ich weiß, dass unser Kind schon viel weiß, denn in Büchern kann sie auf alle möglichen Dinge zeigen, wenn man Begriffe dazu sagt. Und heute, heute war ein ganz besonderer Tag. Der Zeigefinger meiner Tochter ist wieder einmal total aufgeregt durchs Wohnzimmer gewuselt und hat auf Teufel komm raus gedeutet, ich habe Begriffe dazu genannt und das Kind hat gelacht und freudig Informationen aufgesaugt. Dann kam mein Gatte nach Hause.

„Pap", hat meine Tochter gesagt und begeistert den Finger in seine Richtung wandern lassen.

Der Pap hat ihr ein Bussi gegeben, der Zeigefinger hat weiter auf ihn gedeutet.

Und dann hat mein Mann eine Frage gestellt. Die Frage. „Sag, wen hast du denn ganz besonders lieb?"

Der Zeigefinger ist ganz still geworden. Ganz grade gestreckt verharrt er kurz. Meine Tochter schaut ganz ernst. Dann dreht sich ihr kleiner Körper in meine Richtung und der Finger schnellt mir gegen die Brust. Sie beugt sich zu mir, lächelt ihr „die-Welt-ist-in-Ordnung"-Lächeln und ihr Kopf schmiegt sich an meine Schulter.

Möchte mich jemand nach meiner schönsten Liebeserklärung fragen?

Einkaufswahnsinn

Ich nach einer Gewitternacht: „Der Donner war so laut, da wär
ich fast aus dem Bett gefallen!"
Die Tochter: „Kein Wunder, wenn du immer so nah am Rand
liegst!"

Einkaufen mit Tochter ist interessant geworden.
Mindestens. Ich vermeide bewusst das Wort anstrengend, so lange sich das Kind nicht wild auf dem
Boden wälzt oder einem Einkaufswagen laut hinterher-
schreit: „Hau ab, du blöder Wagen!" nachdem sich Kind
am Wagen gestoßen hat (alles schon erlebt).

Es ist also interessant.

Beim Losfahren fängt es auch schon an. Tochter
sieht die Einkaufskiste und schreit laut: „Kisteee". Sie
rennt auf das Objekt der Begierde zu und „tlettert" hinein. Währenddessen sagt sie: „Tletteraffe" und grinst
sich eins. Wenn sie sitzt, will sie „laukeln" – k und sch
sind nicht immer einfach. „Lauuukeln", schreit sie also,
vehement. Meine Aufgabe ist es dann, das zehneinhalb
Kilo Kind mitsamt der Kiste hochzuheben und zu
schaukeln. „Noch-mal", sagt Tochter, und ich schaukle.
Das wiederholen wir mehrfach. Irgendwann mag ich
losfahren. Das Kindlein nicht. Sie schreit. Ich bugsiere
sie aus der Kiste in den Kindersitz und schnalle das
Bündel fest, das steif und fest behauptet, ich hab ihr
„weh tan". Hab ich nicht. Jedenfalls nicht körperlich.
Gegen verlorene Wutmachtkämpfe kann ich jetzt auch

nichts machen.

Im Auto.

Kind guckt raus und findet es jetzt doch okay. Eine Minute lang.

Dann: „Mama?"

„Ja?"

„Lala."

Alles klar. CD an.

„Tanzeeen." Im Rückspiegel klatscht und wippt die Tochter wild lachend. Irgendwann unterbricht sie sich.

„Mama?"

„Ja?"

„Anderes!"

Ich skippe zum nächsten Song der Kinderlieder-CD, die ich auswendig mitsingen kann.

Wir kommen heil an, die Fahrt ist ja nicht weit. Drei Mal „Anderes!" und wir sind da. Sie erblickt beim Aussteigen sofort den „Waaaagn" und will da rein.

Der Einkaufswagen ist auch toll, wenn man einen Euro hat. Nach einem Umweg über die Kasse sitzt Tochter im „Waaagn". Ihr Zeigefinger ist ausgefahren „Ein-Kaufen!", schreit sie wie ein General und dann, mitten im Edeka, „ALDI!". Alles klar.

Wir „faaahn" mit dem „Waaagn" zur Wurst und stellen uns in die Schlange. Das Kind ist begeistert. Nie will sie so dringend essen wie an der Wursttheke unseres örtlichen Supermarkts. Eigentlich mag sie nie dringend essen, außer an der Wursttheke des örtlichen Supermarkts.

Sie sieht also die Wurst und schreit schlagartig los: „Wuaaast! Habeeen."

Ich: „Wir sind noch nicht dran, du musst warten."

Sie guckt irritiert. Eine Pause entsteht. „Wuaaast!"

Als wieder keine Wurst beim Kind ankommt, wird sie wütend. Sie sieht die Wurst. Sie ist zum Greifen nah. Warum nur, wird sie denken, gibt mir niemand Wurst?

Wenn wir endlich dran sind, ist sie in Tränen der Verzweiflung aufgelöst. Der Metzger gibt also dem Kind bereitwillig eine Scheibe Wurst, bevor ich überhaupt sagen kann, was ich kaufen will. Das Kind nimmt die aufgerollte Scheibe Fleischwurst und schiebt sie sich quer auf einmal in den Mund. Mit vollen Backen nuschelt sie: „Noch-mal!" Zum Glück ist der Mund noch voll. Ich sage ganz schnell, was ich haben will und hoffe, schneller zu sein als mein Kind, das nie genug Wurst haben kann. „Noch-mal!" Es klingt schon nicht mehr so nuschelig.

Ich eile davon. Wir brauchen noch ein Paar Sachen aus der Kühlung. „ALDI!", schreit das Kind glücklich. Ein in Alu verpackter kleiner Würfel hat es meiner Tochter besonders angetan. „Haaabeeen!"

„Nein, das geht jetzt nicht, lass das mal im Wagen", antworte ich geduldig und streichle liebevoll über den Kinderkopf. Dann hol ich den Joghurt.

Es ist unfassbar, wie beweglich ein Kind mit fünfzehn Monaten ist und wie zielgerichtet es diese Fähigkeit einsetzen kann. Meine Tochter beugt sich weit nach hinten und schnappt den kleinen Würfel und zack – beißt sie in die Hefe. Die Hälfte ist im Kindermund, sie wirkt überaus selbstzufrieden. Ich nicht. Ich räume Alufolie und Hefepilz wieder aus Tochters Mund.

Eiligst schiebe ich den Wagen in Richtung Kasse. „ALDI! Ein-kaufen!", schreit Tochter. Ich will hier raus.

An der Kasse ist keine Schlange. Puh. Ich werfe meine Lebensmittel, auch den halben Hefewürfel, auf das Band. Die Kassiererin scannt ihn mit spitzen Fingern ein. „ALDI!" meine Tochter ist begeistert. Es piept so toll an der Kasse! „ALDI!"

Dann hol ich den Geldbeutel raus. Es ist ein kritischer Moment, das Kind liebt den „Beutel", wie sie ihn liebevoll nennt. Ich muss aufpassen, dass sie ihn mir nicht entreißt. „Wanzig Eurooo", sagt sie. „Wanzig Eurooo!", und deutet auf die Kassiererin. Es kostet weniger. „Mama!" Meine Tochter macht eine Pause. „Wanzig Euro geben!"

Sie hat das Prinzip noch nicht verstanden.

„Wanzig Euro brauchen", stellt sie nüchtern fest. Sie will immer, immer, immer zwanzig Euro bezahlen.

„Beutel!"

Verzückt sieht sie zu, wie ich der Kassiererin einen Zehner und einen Fünfer aus der Geldbörse in die Hand drücke.

„Wanzig Euro!"

„ALDI!"

„Beutel!"

Sie grinst. Die Kassiererin grinst. Ich grinse.

„Wuaaast?", fragt das Kind.

Apfelmuuusss

„Der Apfel ist rotig und süssig."

Morgens halb acht in Deutschland. Muttern hat gerade geduscht und sich frisch bekleidet.

Das Kind ist wach und nahrungsinteressiert, was ja an sich eine begrüßenswerte Entwicklung ist. Neuerdings ist es da also Zeit für Brei mit Appppelmuuusss (die Betonung liegt klar auf dem Muuusss - und gleich erklärt sich, warum). Das Muuusss muss nämlich allein gegessen werden. „Selbaaa Lööööffeeel." Alles klar. So sei es. Das Kind bekommt also den Ganzkörperlatz umgeschnallt und den Löffel in die Hand gedrückt. Mutter hält die Schüssel mit spitzen Fingern und versucht, sich ansonsten aus dem Inferno rauszuhalten, das gleich folgen wird. Das Kind greift den Löffel mit der ganzen Faust und schaufelt eine Menge Muuusss auf den Löffel, so groß, dass mir bis dato nicht klar war, dass ein gewöhnlicher, haushaltsüblicher Löffel ein derartiges Fassungsvermögen haben kann. Dazu schreit sie: „Muuusss. Essen. Muuusss. Löffel!"

Gleichzeitig versucht sie, die astronomische Breimenge, die da auf ihrem Löffel ist, in ihren halbgeöffneten Mund zu schieben, ohne gleichzeitig den Löffel in den Mund zu nehmen - sie will ja weiterreden nebenbei.

Es tropft. Mutter greift zum Spucktuch und versucht, aufzufangen, was geht, bevor das Kind den Hochstuhl verkleckert. Das Töchterchen grinst. Juhu!

Ein wenig Apfelmuuusss hat sie in ihren Mund geschafft. Sie ist begeistert. So begeistert, dass sie ihren Löffel hoch in die Luft schwingt. Mehrmals.

Und glücklich lacht. Das noch am Löffel klebende Apfelmus verteilt sich gleichmäßig: Haare des Kindes, Ganzkörperkinderlatz, Mutter (wir erinnern uns: frisch geduscht, frisch bekleidet!), Hochstuhl. Fast bin ich sauer, weil ich mich jetzt umziehen muss. Aber nur fast. Denn sie grinst. Sie grinst, als hätte sie eben den Watzmann bestiegen. Dann tunkt sie den Löffel zurück in das Apppelmuuusss.

Als sie den Löffel wieder in Richtung Mund hebt („Muuusss. Essen. Löffel."), verstecke ich mich unter dem Tisch.

Stille

Papa: „Krieg ich ein Bussi?"
Kind: „Nein!"
Papa: „Schade!"
Kind: „Die Mama kann dir doch später ein Bussi geben!"

Das Liebkind ist nicht da. Sie ist heute bei den Großeltern laut. Die beiden älteren Herrschaften werden am Abend fix und fertig, aber hoffentlich glücklich, das Liebkind zurückbringen von dem ersten gemeinsamen Tagesausflug in den Zoo. Wir haben Stille dafür bekommen. Und diese Stille füllt alles aus. Sie ist so still, dass man sprichwörtlich eine Stecknadel zu Boden fallen hört. Das also ist Schmerz, habe ich mal gedacht und ein Kind bekommen – und jetzt höre ich die Stille und sie ist so still, dass ich ganz überrascht bin von diesem ganzen Nichtshören. Das also ist jetzt Stille. Lange nicht mehr gehabt, so mitten am Tag.

War sie früher schon so leise, bevor das Liebkind laut war? Oder ist Stille anders, seit das Kind da ist?

Ein Tag allein ist ein guter Tag. Allein ist Couch und Cola, ist Aufatmen, ist Buchgenuss, ist ohne Verantwortung sein, ist innerlich Auflachen vor lauter Freiheit und ist am Ende vielleicht doch nur leise?

War es früher schon so leise, bevor das Liebkind laut war? Habe ich das Leisesein vergessen an einem der vielen lauten Tage mit Geschrei und Gelächter?

Warum weiß ich nicht immer, dass das Geschrei

meines Kindes eigentlich schön ist, aber jetzt ganz genau? Jetzt weiß ich es. Ich weiß, dass ich es laut mag und wild und ungestüm. Es fühlt sich an, als ob das Leben aus unserem Haus verschwunden ist. Wir haben nach vier Stunden genug Cola getrunken, das Buch ist zu Ende und ich frage mich, was ich jetzt noch auf der Couch soll. Irgendwie ist meine Wahrnehmung anders geworden. Das Liebkind war noch nie so lang weg und jetzt, wo der ersehnte Tag da ist, ist es nicht so, wie ich gehofft habe. Es ist nämlich, ganz ehrlich, irgendwie ziemlich langweilig so allein daheim.

Wenn sie nachher heimkommt und da ist, will ich mit ihr verrückte Sachen machen und laut und verdreht sein. Ich will auf keinen Fall vergessen, dass laut besser als leise ist. Ich will es immer wissen.

Es wird wieder still sein. Und es wird gut sein still. Aber ich will trotzdem immer weiter wissen, dass mir laut eigentlich viel lieber ist als leise.

Kinderwanderungen

Die Tochter fällt auf den Kopf und weint.
Ich: „Du musst gut auf deinen Kopf aufpassen, mein Schatz!"
Sie: „Warum?"
Ich: „Na, weil du damit denkst und fühlst und sprichst."
Das Liebkind nach einer Denkpause: „Du hast schon ganz
schön viel gesprochen, oder?"
Ich: „Wie kommst du darauf?"
Das Töchterlein: „Bestimmt ist dein Kopf dann bald leer!"

Wir wollen wandern gehen. Dabei sind vier Kinder. Eins davon ist ein Säugling, der läuft am schnellsten, denn er ist um die Mutter geschnallt.

Dann hätten wir da die unternehmungslustige, wilde Tochter und zwei gleichaltrige kleine Mädchen, eins davon unsere Tochter, mittlerweile liebevoll das Laufkleinkind genannt. Die Wanderdauer beträgt eine halbe Stunde, steht auf dem Schild am Anfang der Wegstrecke. Wir brechen voll guten Mutes auf, bewaffnet mit einer Kraxe für den Vater der großen Kleinen, einer Trage für das friedliche Baby und zwei Kinderwagen für die gleichaltrigen Mädchen.

Unser Laufkleinkind will gleich anfangs erst mal eins gar nicht: laufen. Sie will – ja, was eigentlich? Ich glaube nicht, dass sie es weiß. Wir wissen es auch nicht. Aber zum Glück sind da Steine und Zapfen, die man finden und eindringlich begutachten kann, während man sich auf die Straße setzt und es sich gemütlich macht.

Das gleichaltrige kleine Mädchen mag ihren Kinderwagen sehr. Sie fährt immer gern damit, nur heute nicht. Heute will sie eins unbedingt: laufen. Also gut. Sie läuft, unser Kind sitzt am Boden, die Tochter sagt, sie will in die Kraxe. Da sitzt sie dann auch. Fünf Minuten lang. Dann will sie aufstehen. Dringend. Und laufen. Auch dringend, schließlich läuft da auch die Eineinhalbjährige und… sie will auch. Gut. Also wird sie ausgepackt. Ich rufe meinem Kind währenddessen fortwährend Ermutigungen zum Aufstehen und Loslaufen zu. Nein, sie hat den Zapfen. Den zeigt sie mir glücksstrahlend. Also nehme ich sie hoch - mit dem Zapfen, versteht sich – und setze sie in den Kinderwagen. Das führt dazu, dass sie den Zapfen von sich wirft und laut kreischt. „Lauuufen!"

„Nein, jetzt wird gefahren!"

„Lauuufen!!!"

„Willst du einen Keks?"

Kurze Stille. Ich werte das als Zustimmung und hole die in jeder Hinsicht korrekten Ökobiokekse (zuckerfrei, salzarm, vollkornhaltig) aus meiner Tasche.

Das Kind wirft den Keks von sich.

„Rauuus!" Kurze Pause. „Bitte?"

Na gut, ich bin breitgeklopft. Das Bitte war aber auch herzig. Also wieder aus dem Wagen.

Jetzt läuft sie.

Aus dem Augenwinkel sehe ich die große Tochter unserer Freunde gerade wieder in die Kraxe klettern. Wir sind an der ersten Kurve des Wanderwegs. Es geht weiter im Schneckentempo. Die beiden gleichaltrigen Eineinhalbjährigen laufen so gemütlich wie es nur geht vor sich hin. Die mit unserem Kind gleichaltrige Tochter unserer Freunde hat die Ökobiokekse gesehen und denkt jetzt weniger ans Laufen als vielmehr an Kekse. Unsere Tochter findet, der Wald sieht wie eine Höhle aus und wird ergo lauffreudiger.

Die Dreijährige sagt: „Ich muss Pipi."

Das Baby schläft unbeeindruckt.

Unsere Tochter würde jetzt im Laufen doch gern einen Keks.

Das eineinhalbjährige Kind unserer Freunde steigt in seinen Kinderwagen und futtert ebenfalls.

Das Pipi des großen Kindes ist gemacht. Sie nimmt unsere Tochter an der Hand und will jetzt gemeinsam laufen. Unsere Tochter macht sich los und plumpst auf den Boden. Die anderen Kinder wollen Kekse und kreischen laut. Das Baby hört es und runzelt im Schlaf die Stirn.

Im Laufen essen findet das große Kind blöd und will wieder in die Kraxe zurück.

Unsere Tochter läuft weiter und will keine Kekse mehr. Sie will jetzt einen Spielplatz. Und einen Zapfen. Dringend.

Das Mädchen im Kinderwagen deutet immer wieder energisch herum. Sie will irgendwas. Keiner errät, was es ist.

Unsere Tochter isst einen Stein. Ich bewege sie nur mit Mühe dazu, ihn wieder auszuspucken. Sie hat jetzt Durst. Klar, der Stein war auch trocken.

Ich krame im Rucksack nach der Trinkflasche.

Nein, wir sind noch nicht an der zweiten Kurve.

Vielleicht sollte man bei der Wanderdauer kleingedruckt hinzufügen: Gehzeit mit Kindern: 1 ½ Stunden.

Mutter sein und Vater sein in der Partnerschaft

Das Kind ist zwei Jahre alt.
Papa: „Wie macht denn die Kuh?"
Kind: „Papa kann das selber schaffen!"

Was für eine Überschrift! Aber es ist tatsächlich schwierig, all diese Rollen zu vereinbaren. Im gesamten Freundeskreis hat das erste Kind wirklich alles verändert, sowohl Selbst- als auch Fremdwahrnehmung sowie auch den Blickwinkel auf den Partner in seiner Rolle als Vater oder Mutter.

Nicht umsonst trennen sich so viele Paare bereits im ersten Lebensjahr ihrer Kinder. Es ist eine Zeit großer Herausforderung. Plötzlich ist man unfrei. Das ganze Leben ist auf den Kopf gestellt. Es gibt da einen neuen Mittelpunkt, um den sich alles dreht. Wenn dann das Kind noch anspruchsvoll ist, wird das Elternsein schnell desillusionierend und anstrengend. Schlafmangel, Geschrei, Fremdbestimmung, unterschiedliche Erziehungsvorstellungen – all das kann einen schon mürbe machen.

Außerdem ist der Partner nicht mehr die Nummer eins im Leben – sondern bestenfalls die Nummer zwei. Die Leben des Paares laufen plötzlich auch total verschieden ab. Waren vorher noch beide berufstätig ist einer der Partner, oft die Frau, jetzt ganz zu Hause. Und da sind so viele Situationen, die man da als Eltern klassischerweise kennt:

Der berufstätige Elternteil kommt heim und alles sieht noch genau so aus wie am Morgen beim Verlassen des Hauses, weil eben das Kind den ganzen Tag gebrüllt hat, man mit dem Kind Termine hatte oder weil man, als das Baby geschlafen hat, endlich, endlich mal einfach auf die Couch fallen wollte – oder weil man möglicherweise einfach gleich mit eingeschlafen ist mit dem Kind vor lauter Erschöpfung wegen der vorangegangenen Nachtwache. Das alles bekommt der andere Elternteil aber nur zum Teil mit und fragt sich, was das Frühstücksgeschirr noch auf dem Tisch macht und warum um Himmelswillen die Gattin noch immer den Jogginganzug mit dem Milchkotzefleck auf der Schulter trägt.

Noch so ein Punkt ist der unterschiedliche Bedarf an Zuwendung. Mir als Mutter reicht am Abend die Sofaostwand, ein Tässchen Tee und sonst nichts. Die abendliche Stille ist mit Gold nicht aufzuwiegen. Mein Mann dagegen hätte jetzt Lust auf ein Schwätzchen, einen Film und Kuscheln. Ich will nur für mich sein, denn das war ich den ganzen Tag noch nicht. Einfach nur wo sitzen, wie Loriot schon gesagt hat, ist für mich höchst erstrebenswert. Schließlich habe ich schon den ganzen Tag getröstet, gekuschelt, gesungen, Hände gehalten, Popos abgeputzt, gefüttert, Fingerspiele aufgeführt, mir den Mund fusselig geredet und gelächelt. Es ist gut jetzt. Ich mag nicht mehr.

Die Bedürfnisse von uns, vor dem Liebkind ziemlich deckungsgleich, sind jetzt verschieden geworden und wir müssen uns neu orientieren, neu finden, Kompromisse schließen.

Noch so ein wichtiger Punkt ist Muttersein versus Vatersein. Ich als für die Aufzucht der Nachkommenschaft zuständige Person weiß in der Regel schon, was das Kind braucht, bevor es den Mund aufmacht. Ich weiß, was aufs Brot muss, damit es schmeckt. Ich weiß, wie das Kind die Haare gewaschen bekommen muss, damit es nicht weint. Ich weiß, welche Trostworte sofort helfen. Alle Abläufe sind automatisiert und Tochter und ich laufen da wie eine gut geölte Maschine. Ich weiß, was sie schon kann und was nicht und entsprechend agiere und reagiere ich auch.

Der Gatte ist in diesen Punkten fremder als ich. Er steht ein kleines Stück weit außen vor, obwohl er ein sehr engagierter Vater ist. Aber ihm muss ich Dinge erklären, damit sie gut funktionieren. Er bekommt viele Sachen nur mit, wenn ich sie erzähle. Dadurch hat er manchmal so ein „Gast"-Gefühl, vielleicht sogar das, ein Eindringling zu sein oder ein Außenseiter in der eigenen Familie.

Alleine durch die Situation mit dem Stillen – was mein Mann nun mal beim besten Willen auch mit größtem väterlichen Engagement nicht leisten kann – steht er oft irgendwie am Rand.

Meine Tochter und ich sind uns sehr nah und im Zweifel will sie auch immer die Mama. Später wenn sie älter ist wird sich das relativieren, aber jetzt, unter zwei Jahre alt, gibt es sie und mich – und dann lange nichts. Das ist sicher schwer für ihn als Vater, der seine Tochter genau so sehr liebt wie ich es tue.

Es ist letztlich Zurückweisung an allen Fronten, bei mir und seinem Kind. Es fordert schon Charakterstärke, trotzdem durchzuhalten und unbeirrt weiter zu lieben.

Dann ist da noch die neue Mutterrolle zu erwähnen. Vom Vollzeit berufstätig sein hin zu Kackewindeln,

Dauerstillen, schlaflosen Nächten und dieser alles in den Schatten stellenden Mutterliebe, die ganz eigene emotionale Herausforderungen mit sich bringt (Ist das Kind warm genug angezogen? Hat es Koliken? Ist es satt? Ist es gesund?). Dazu der Alltag, der sehr zehrt. Intellektuell ist so ein Baby ja nun nicht die größte Herausforderung. Ich beispielsweise habe vor den Kindern viel mit Menschen gearbeitet, war dauernd im Gespräch mit irgendjemandem. Zu Hause geht es beim Liebkind mehr um Lieder und Gedichte. Sie liebt Reime, Melodien und noch mehr Gedichte. Es ist ermüdend und monoton. Man lebt für die Fortschritte des Kindes, dreht sich gezwungenermaßen um das Kind und richtet alles, was man tut, nach ihm aus, besonders in der Anfangszeit.

Irgendwie fühlt es sich für einen selbst ziemlich tragisch an, wenn das Lied vom Tikitakituki-Häuschen die Errungenschaft ist und mal so richtig Abwechslung in den Alltag bringt.

Und es ist auch kein schönes Gefühl, wenn die Energiereserven so sehr ins Minus gerutscht sind, dass es schlicht unmöglich ist, sich von der Couch aufzuschwingen, um das Frühstücksgeschirr wegzuräumen, obwohl man weiß, wie der Partner später gucken wird und man es eigentlich auch ordentlich mag.

Diese absolute Erschöpfung ist ein Gefühl, das ich vor der Geburt meiner Tochter nicht kannte.

Da ist ein Kotzefleck auf der Schulter? Ganz ehrlich? Der ist mir an schlechten Tagen noch nicht mal aufgefallen!

Lilli

Das Kind und ich fahren Auto.
Sie entdeckt das Nackenkissen.
„Wenn ich mal nackig bin, dann brauch ich dieses Kissen!"

Wir haben eine Freundin, der schon lange ein Kapitel gewidmet gehört. Sie ist einfach klasse. Ihre Haare gehen bis zum Hintern und sind Dreadlocks.

Wer hat schon solche Dinger bis zum Po? Allein das macht sie einzigartig, aber dem nicht genug sind diese Haare auch noch pink. Manchmal, nicht oft, denn das gefällt ja nicht jedem, trägt sie einen Zopf. Sie hat immer, wirklich immer ein freundliches Lächeln auf den Lippen und geht kleidungstechnisch ihrem ganz eigenen Stil nach. Wer, frage ich, könnte Pink mit Orange kombinieren, dazu noch Lagenlook, und nicht dumm aussehen? Eben.

Sie sieht einfach immer super aus, blauäugig, lächelnd, pink. Ihr Name ist Lilli. Lilli hilft mir in vielen Lagen. Morgens ist sie als Erste wach und lacht mein Kind an, das freudig „Lilli auch wach" schreit. Mittags isst sie alles, was ich koche und das mit Freude. Sie ist eine begnadete Tänzerin und hat dazu auch immer Lust. Wir haben extra ein Lied für sie erfunden, das wir singen, wann immer unsere Tochter unterwegs Zeichen der Unlust zeigt. Es macht sie so sehr lachen, dass alle Kindersorgen vergessen sind.

Lilli wird nicht müde, niemals, das gibt es bei ihr einfach nicht. Grundsätzlich schaut sie gern Bücher an. Sie mag Kniereiterspiele, Autofahren und geht immer gern schlafen. Das ist auch so eine tolle Eigenschaft an ihr, dass sie meine Tochter zu jeder Tageszeit ins Bett begleitet und dort ganz leise mit ihr liegenbleibt. Lilli kuschelt, freut sich, bewegt sich und tut genau das, was man ihr sagt. Und all das ohne Limit. Unser Kind liebt Lilli dafür aus tiefstem Herzen. „Lilli muss mit" ist der Satz. Alles mit Lilli ist leichter als ohne Lilli. Drum ist Lilli immer dabei, dreißig Zentimeter groß geht das ja auch problemlos. Aber mit der Unverzichtbarkeit der Freundin wächst auch die Angst. Was tun, wenn Lilli sich entschließt, eines Tages woanders zu leben? Oder entführt wird? Ich meine, auch andere werden an ihrem strahlenden Lächeln erkennen: diese Lilli ist etwas ganz Besonderes.

Welchen bleibenden Schaden würde so ein Verlust für unser Kind bedeuten?

Wir Eltern müssen handeln, das wurde uns in den letzten Tagen klar. Der Trend geht zur Zweitlilli. Wir brauchen ein Backup für den Ernstfall.

Also wird der kleine Liebling ein zweites Mal gekauft, um dem Ernstfall vorzubeugen.

Lilli, wir lieben dich. Und es ist gut, dass es dich als Puppe in Serie gibt.

Stillrückblick

Eine Schildkröte kommt aus ihrem Panzer.
Liebkind ist begeistert: „Schau mal, sie schlüpft!"

Meine Tochter ist sensibel. Drum stillt sie auch noch, obwohl sie schon so „alt" ist, nämlich neunzehn Monate. Sie braucht die Liebe und die Nähe, die Sicherheit, die ihr die mütterliche Brust bietet. Unter großen Mühen habe ich einst erreicht, dass sie neben der Muttermilch auch angefangen hat, täglich eine halbe Breze zu essen. Da war sie dann ein Jahr alt. Jeder Breiversuch im Vorfeld ist gescheitert und das hundertprozentig. Noch immer war es aber so, dass bei der Entscheidung Brust oder Brot immer die Brust gewonnen hat. Und das gerne oft. Sehr oft. Sicher ein Zeichen von Nähebedarf, ganz klar. Sicher auch ein Zeichen von Kostverachtung, natürlich. Aber die sich stellende Frage war dann irgendwann: Was, wenn sie mit sieben auch noch findet, dass die meisten Nahrungsmittel total blöd schmecken?

Geh ich dann in der Schulpause mit ihr aufs Klo und pack die Brust aus? Wie ich unser willensstarkes Kind („Seien Sie froh", sprach der Kinderarzt, „da hat sie es im Leben leichter." Na danke!) so kannte, war total klar, dass ich genau auf diese Situation mit ihr zusteuerte, wenn sich langsam aber sicher nicht etwas verändern würde. Und Veränderungen kosten immer mit Kind: Nerven, ohnehin nicht vorhandene Energien, mehr

Nerven. Stillen ist also bequemer als der Kampf mit dem Laugengebäck, zumindest manchmal.

Ändern tut sich das sehr schnell, wenn das Kind sich entschließt, dass nachts zu essen eigentlich gemütlicher ist als sich tagsüber mit so was Banalem wie Futterfassen aufzuhalten. Denn dann wird es zu substantiell, um noch zu Recht zu kommen und der Punkt, wo es einem einfach traumhaft vorkommt, tagsüber mit Nahrungsmittelzufuhr zu jonglieren statt nachts dauerbenuckelt zu werden, ist schnell erreicht. Nach ein, zwei guten Nächten (sprich: vier Stunden Schlaf am Stück) habe ich mich dann entschieden, dass meine einjährige Stillwuchtbrumme so schnell schon nicht verhungern wird und daher nachts nicht mehr mit der Milchtankstelle rechnen kann. Ich erwartete schlimme Wochen wütenden Protests. Ich dachte an Wutausbrüche und Kampf. Woran ich nicht dachte ist, wie flexibel unsere Tochter sein kann. Eine Nacht war schlimm. Eine weitere Nacht war aushaltbar schlimm. In der nächsten Nacht hat das Kind geschlafen. Nur bis fünf Uhr morgens, aber immerhin. Das war eine Sensation.

Selbstredend war jetzt für Liebtochter klar, dass sie tagsüber gefühlte neununddreißig Mal an die Brust gelassen zu werden wünscht. Sie konnte das auch einwandfrei vermitteln, weil sie da schon sprach wie ein Kind mit zwei Jahren. Also sie: „Mama! Milch!" Nun ja. Sie ist ja sensibel und braucht die Nähe. Nicht wahr? Es folgte eine Tagsübervollstillphase, in der die Breze lediglich dazu benutzt wurde, vom Tisch auf den Boden runter geworfen zu werden. Das aber mit Freude.

Wieder zogen Wochen ins Land. Und irgendwann war es seltsam mit meinem Stillriesen auf dem Spielplatz. Es gibt Frauen, die stört es nicht, ein Kind mit einundhalb Jahren während eines Spaziergangs an der Brust zu haben (also NICHT sitzend, im Laufen). Mich schon, das ist einfach über dem aushaltbaren Limit. Also folgten wieder drei Tage. Einer war richtig schlimm, einer war aushaltbar schlimm. Dann hatte sie verstanden: Milch und Schlafen hängen jetzt zusammen, ich kriege drei Mal am Tag was.

Dummerweise wurde die Freude auf die Milch damit so groß, dass Tochter morgens so früh aufwachte, dass mir dabei ganz schlecht davon war. Vier Uhr morgens ist keine gute Aufstehzeit. Fünf Uhr auch nicht. Wenn ich an dem Punkt bin, wo ich mich über fünf Uhr dreißig freue, frage ich mich ganz ernsthaft nach meinem Geisteszustand. Und doch: Lange war fünf Uhr dreißig das Paradies.

Als zunehmend um vier Uhr das Liebkind schrie: „Mama! Wach! Milch trinken! Aufstehen" war klar: Wenn ich um vier Uhr aufstehe, ist meine Laune für mein Umfeld unzumutbar und außerdem braucht es eine Veränderung. Dringend.

Aber mein Kind ist sensibel. Gerade morgens. Ich meine: wie wird sie reagieren, wenn am frühen Morgen keine Milch mehr fließt? Am Vorabend war ich aufgeregt, denn sie brauchte doch die Nähe und die Sicherheit ihrer Mutter und – war ich eine Rabenmutter, wenn ich ihr etwas nahm, das sie so sehr liebte? Der Morgen kommt. Es ist vier Uhr früh. Das Kind (ohne Lieb!) ist wach. Ich bin nicht wach, dafür aber angesichts der Uhrzeit fest entschlossen.

„Mama, wach. Ich will aufstehen!", sagt Tochter.

„Weiterschlafen, komm!"

„Neiiin", mit vielen I.

„Komm, Süße, bitte!" So leicht gebe ich nicht auf.

Es geht so hin und her und endet mit Milchgebrüll. „Mama! Milch!"

Ich: „Die Milch ist aus, wir trinken später, ja? Ich hol dir deine Wasserflasche. "Das Kind wird fest umarmt (es ist arm, sensibel, unsicher) und wir gehen in Richtung Trinkbecher.

Sie heult noch ein bisschen. Ich gebe ihr den Becher mit Wasser und sie tut mir leid. Wasser am Morgen, mich schüttelt's. Gut, dass sie noch einen Schokoschneemann im Adventskalender hatte. Wir gehen ins Bett, wie jeden Morgen. Ich setze mir das Kind auf den Schoß und lese ein Buch mit ihr. Sie heult schon lange nicht mehr. Der Schneemann ist im Mund, der Strohhalm von der Flasche auch.

Morgens nicht zu stillen ist meinem Kind total – man entschuldige meine Ausdrucksweise – scheißegal. Sie kuschelt noch ein bisschen und dann geht sie spielen. Total unsensibel. Völlig sicher, dass ihre Welt noch steht.

Scheinbar hat ein Wandel stattgefunden, vom Brauchen hin zur liebgewonnenen, aber verzichtbaren Gewohnheit. Kann es sein, dass manche Kämpfe gar nicht existieren außerhalb des Elternhirns?

Hm.

Und wer ist jetzt hier sensibel, braucht das morgendliche Stillen und das Kuscheln? Ich denk mal drüber nach.

Kindergartenimpressionen

Nasenspray heißt bei der Tochter Nasenschnupf. In einer sehr
anhänglichen Phase hängt sie fast dauernd um meinen Hals.
Ich sage: „Wenn du mich so fest drückst, bekomm ich keine
Luft mehr."
Sagt sie: „Dann brauchst du ein Nasenschnupf!"

Letzte Woche im Kindergarten wurde mir wieder
einmal eine mütterliche Lektion erteilt. Ich war
baff erstaunt, habe aber Neues gelernt bei einem fantas-
tischen Elterngespräch mit dem kompetenten Erzie-
hungspersonal.

Kaum ist das Liebkind älter als zwei, schon hat es
einen Knall. Kein Wunder, ist doch die Mutter Sozial-
pädagogin und der Vater Erzieher *und* Sozialarbeiter.

Es ist ja auch ein starkes Stück, dass das Kind nach
seiner Mutter weint – obwohl die Erzieherin sich so arg
bemüht und ihr so schön vorgelesen hat! Eine andere
Mutter hat auch versucht, unsere Tochter zu beruhigen,
scheinbar. Doof (und natürlich völlig unverständlich!)
dass unser Kind sich von der Fremden so gar nicht anfassen lassen wollte.

Das kann nicht gut gehen mit der Entwicklung die-
ses Kindes, so viel ist klar. Genau genommen ist das
Mädchen „für Einrichtungen nicht tragbar" und braucht
- Achtung, festhalten in der Kurve - einen Heilpraktiker.
Da gibt es einen superguten Mann im Ort, der weiß,

dass Kinder sich gern mal richtig blau schreien dürfen, wenn sie eigentlich zu ihrer Mama wollen und sie dürfen dann auch keine Luft mehr kriegen und umfallen. Das sollte dann allerdings auf weichen Untergrund sein, sagt er. Ein gescheiter Mann, das war mir nach den Ausführungen der Erzieherin schlagartig klar.

Ich bin sicher, so ein kluger Mensch kann meiner Tochter ihre Schüchternheit abgewöhnen und dann ist alles gut. Die Dame vom Kindergarten hat den fachlich außerordentlichen guten Naturkundler dann auch gleich als geeignet eingestuft, die „Probleme" meines Kindes in den Griff zu kriegen, ihre Entwicklungsstörungen. Ach, ganz wunderbar wird unser Leben sein, wenn Tochter erst mal mit jedem Menschen, der auf sie zugeht und ihr die Hand reicht, einfach mitkommt. Dann sind wir sie endlich los. Es muss einfach falsch sein, wenn kleine Kinder fremde Menschen komisch finden und sich dann verweigern. Wo ist denn da das Urvertrauen, bitte? Woher diese unnatürliche Scheu?

Da braucht es die „Hilfe von außen" bei uns dringend. Glaubt mein Kind, richtig zu handeln, wenn es fremden Männern, die versuchen, ihm über den nackten Bauch zu streicheln, ein sehr deutliches Nein an den Kopf knallt, sei eine adäquate Reaktion. Das schreit ja geradezu nach einer Erziehungsberatungsstelle.

Und wäre es nicht auch super, wenn in einer Einrichtung bei zwölf wechselnden Betreuungsmenschen mein Kind einfach jeden davon gleich in ihr Herz schließen würde und in der Folge einfach jede dieser zwölf Personen (Bezugspersonen mag ich da jetzt nicht schreiben) im Kindergarten einfach alles mit ihr machen darf?

Aber nein, das unerzogene Kind will ja nicht. Unartig eben, verkorkst, anders als andere.

Am Tag nach meiner hochaufschlussreichen Konversation mit der pädagogischen Fachfrau habe ich noch den Kinderarzt angerufen. Und mindestens fünf Freunde. Wegen dem Kind, dem missratenen. Alle waren baff erstaunt.

Und dann habe ich im Kindergarten angerufen. Und das Liebkind dort abgemeldet. Hätte ich der Erzieherin einen Wünschelrutengänger oder einen Schamanen empfehlen sollen? Ich bin mir nicht sicher. Vielleicht ist das Abmelden meines Kindes ihr ja schon Hilfe genug. Muss sie doch nicht mehr Bücher am laufenden Band lesen und die Welt permanent erklären, sondern darf mehr im Sand spielen. Ist doch super, oder? Da ist jetzt jedem wunderbar geholfen und wir bleiben mit unserem Kind in unserer eigenen Welt, eben total neben der (Mainstream) Spur.

Einschlafterror

*Kind: „Mama, warum haben die Flamingos denn so schmut-
zige Füße?"*
*Ich: „Naja, die stehen ja hier auf der Erde. Wenn du den
ganzen Tag barfuß unterwegs bist, dann sind deine Füße am
Abend auch nicht mehr sauber."*
Kurze Denkpause beim Kind.
*Dann: „Ja Mama, aber die Flamingos können nichts dafür.
Schließlich gibt es keine Schuhe in Flamingogröße!"*

Der Tag war einfach grauenhaft. Das Kind hat
keinen Mittagsschlaf gemacht, weil, sagt sie, sie
ist „aufgewacht". Damit sie wenigstens am Abend Ein-
sicht zeigen und schlafen wird, habe ich sie also gleich
über zwei Spielplätze gejagt. Das Kind war begeistert, allerdings wurde sie mit fortschreitendem Nachmittag immer rotäugiger, so dass ich mir in Gedanken schon freudig die Hände rieb. Der Feierabend lag vor mir voller
Verheißung: Ruhe, ein Film, Chips, kurz gesprochen:
die größten Vergnügungen einer Frau mit Babyphon neben sich. Einfach den Kopf ausschalten. Mehr will man
am Abend eh nicht mehr, nach getanem Schaukeln,
Hochheben, Anschubsen und „Nein, bitte, du darfst
nicht …".

Als ich das Kind ins Bett verfrachte, sieht sie augen-
technisch aus wie ein Albinokaninchen. Wenn sie nicht
müde ist, weiß ich nicht, was Müdigkeit bedeutet.

Wir ziehen das Gutenachtprogramm durch. Ich singe ein Lied. Nicht Lalelu, weil: Das kann ich längst nicht mehr hören. Das Liebkind sieht dabei nicht glücklich aus. Bei Strophe zwei sagt sie gequält: „Mama, nicht mehr singen."

Wunderbar. Ich leg sie ins Bett. Endlich, sie scheint bereit. Es ist 19.00 Uhr, das Kind ist seit dreizehn Stunden wach und keine zwei Jahre alt. Sie muss einfach müde sein.

Dann liegt sie im Bett und strahlt mich an. Müde? Ach was!

„Bin aufgewacht!"

Aha. Ich bin begeistert. An Tagen mit stundenlangem Geschrei und Auf-den-Boden-werfen brauch ich das ehrlich nicht mehr. Und heute war so ein Tag. Da will man sein Kind nicht mehr lächeln sehen, sondern nur noch geschlossene Augen.

Während ich noch hadere, passiert es. Die Augen gehen zu. Zu! Innerlich atme ich auf. Super! Das ist ja klasse. Sie schläft. Aber in diesem Moment schüttelt sich die Tochter und reißt – man sieht, es strengt sie an – die Augen mit Gewalt auf.

„Aufgewacht", stellt sie sachlich fest und grinst. Ich bin schwerstens genervt. Hoffnungslosigkeit breitet sich aus, denn es ist klar: heute wird ein langer Abend. Mein Traum von Couch und Film löst sich fast schon in Luft auf.

„Schlaf jetzt!", befehle ich.

Das Liebkind versucht, aufzustehen. Ich merke, wie meine nach einer massiven Schreiattacke auf dem Spielplatz ohnehin angespannten Nerven fast zerreißen. Aber das Kind grinst.

Ich mag nicht mehr. Sie zappelt und lacht. Sie macht alle Faxen, die sie kennt. Dann sagt sie: „Trinken."

Nein, ich schüttle den Kopf. Kein Trinken, für heute ist Schluss. Ihr fallen wieder die Augen zu. Natürlich nur kurz.

„Mit der Mama kuscheln", versucht sie es nochmal. Klar. Dazu schenkt sie mir ein süßes Kinderlächeln. Ich will aber nicht mal mehr einen feuchten Tochterkuss. Ich will hier raus. Langsam aber sicher fühle ich mich wie ein Tiger im Käfig. Mühsam beherrsche ich mich. Der Gedanke, das Kind an die Wand klatschen zu wollen schleicht sich ein und dazu der Gedanke, dass ich eine Rabenmutter bin, weil ich überhaupt so etwas denken kann hinsichtlich meiner Brut.

„Mama, Hand halten!"

Jetzt ist klar: Das alles ist reine Schikane. Die Kinderaugen fallen wieder zu. Sie schüttelt sich.

„Aufgewacht."

Ich mag nicht mehr. Ehrlich jetzt. Hatte ich mal Nerven und Ruhe und war ausgeglichen? Es ist lange her. Eineinhalb Stunden, um genau zu sein. Ich versuche seit eineinhalb Stunden, meine Tochter ins Bett zu bringen.

Weil ich eine schlechte Mutter bin, die ihr Kind nicht kuscheln, nicht halten, ihm nichts zu trinken geben sondern es stattdessen an die Wand klatschen will, gehe ich aus dem Zimmer. Durchatmen, einfach mal Luft holen. Nur fünf Minuten.

„Ich muss mal aufs Klo. Passt du so lange auf die Lilli auf?", frage ich das Kind mit der letzten mir verbliebenen Freundlichkeit.

„Ja", sie grinst immer noch.

Es ist nicht zu fassen. Ich dagegen könnte platzen. Schlafmangel macht ungeduldig und wütend. Ich schimpfe laut vor mich hin.

„Jetzt ist Schlafenszeit, ehrlich. Du gibst jetzt Ruhe oder ich gehe."

Es fällt nicht immer leicht, die Beherrschung nicht zu verlieren.

Meine Stimmung ist unterirdisch. Die Tochter merkt es gar nicht.

Ich gehe raus, mache die Tür zu, atme tief durch. Dann gehe ich ins Wohnzimmer und schimpfe eine Runde über „dieses Kind" bei meinem Mann. Dann gehe ich wieder ins Kinderzimmer, einigermaßen gestärkt für die nächste Runde Terror.

Als ich an das Kinderbett trete, herrscht eine seltsame Ruhe. Ich schau meine Tochter an. Sie schläft. Lilli hat sie aus dem Bett geworfen.

Fassungslos starre ich auf das sich mir bietende Bild. Da habe ich wirklich alles gegeben, um mein kleines Monster in den Schlaf zu begleiten und was wollte sie in Wirklichkeit? Nichts! Einfach nichts!

Und ich bin dafür so fertig mit der Welt, dass ich es gar nicht sagen kann.

Es ist jetzt neun Uhr abends. Ich will keinen Film mehr sehen. Ich möchte keine Couch mehr und auch keinen Tee. Ich geh jetzt ins Bett.

Auftauchen

*Die Geschichte vom Grüffelo, mit der Warze auf der Nase,
ist in Elternkreisen ja beinah schon Pflichtlektüre. Bei uns wird
sie immer wieder gerne und aufmerksam gelesen. Das Liebkind
ist begeistert.
Nun ist es so, dass ich einen Pickel habe. Er ist klein. Wirklich klein, und auf meiner Nase. Als wir also wieder den Grüffelo
lesen, dreht sie sich plötzlich nach mir um, mit großen Augen, legt
ihr Fingerchen auf den Pickel und sagt
im Brustton der Überzeugung: „Warze!"
Na, danke auch!*

Wie lang kann man eigentlich die Luft anhalten,
bevor man erstickt? Egal, sie hat gereicht.
Wir sind jetzt wieder aufgetaucht. Die Welt gehört
uns wieder. Zwei Jahre lang waren wir wie abgetaucht
und plötzlich ist da die Wasseroberfläche, wir gleiten
hindurch und atmen tief, tief das Leben ein. Er und ich.
Immer noch wir. Jetzt drei.
Die echte Welt, die neben Kinderkacke, Trotzanfäl-
len und vollgespuckten Oberteilen, riecht frisch und
verheißungsvoll. Ich weiß gar nicht an welches Ufer ich
zuerst schwimmen will. Fest steht, ich hab mich wieder.
Hier bin ich. Einfach so wieder da, als wäre ich nie weg
gewesen. Und da sind meine Bücher, das Schreiben und
Konzerte von Django 3000 mit einem verrückten Lied.
Ja, tatsächlich, ich kann immer noch im Wohnzimmer
tanzen und dabei total bescheuert aussehen. Ich habe es

nicht verlernt. Und ich schau mich um und alles ist noch da, als wäre ich nie weg gewesen in diesem Paralleluniversum Baby. Alles ist sogar noch mehr wert geworden. Meine kleine, wunderbare Tochter singt mit mir mit.

Ich habe jetzt zwei Universen. Nebeneinander. Es ist wie Zauberei. Der perfekte Unendlichkeitsbeweis. Natürlich sind Dinge anders, aber nicht schlechter.

Es gibt Dinge, die ich jetzt als Mutter anders wahrnehme, anders anpacke. Es gibt neue Strukturen, es gibt Fremdbestimmung und das Leben ist viel, viel lauter.

Aber ganz eindeutig ist es meins. Ich kann es wiedererkennen.

Und bald ist es so weit. Dann nehmen wir sie mit, dieses kleine Zaubermädchen, raus aus ihrem Babyuniversum und rein in unser Leben. Ein wenig noch hin- und herspringen, aber eigentlich ist sie jetzt schon fast ganz da. Sie tanzt mit durch unser Leben, als wäre sie immer schon mit uns hier gewesen.

Und wer weiß, welche Universen wir noch finden werden, wenn wir weitergehen? Denn wer könnte sagen, dass es nicht noch mehr gibt von dieser Sorte?

Ist das nicht pure Verheißung? Wenn an dieser Stelle nicht das Glück stünde, wüsste ich nicht mehr, wo ich noch danach suchen sollte.

Zweite Kinder

„Mamaaa? Ich hab da was zwischen den Beinen! Es ist ganz
kalt!"
Fragender Mutterblick.
„Meine Trinkflasche!"

Ich schreibe diese zwei Wörter und frage mich sofort, warum ich überhaupt zu dem Thema was schreiben will. Zweite Kinder. Doppelter Aufwand. Doppeltes Geld. Doppeltes Geschrei. Zweite Kinder. Allein der Gedanke an die Wiederholung meiner Presswehen treibt mir die Tränen in die Augen. Erst heute in der Krabbelgruppe erzählte jede Mutter von ihrer Geburt. Keine klang schön. Es war eher ein großes: Nein, so lieber nicht. So auch nicht. So erst recht nicht, wenn es recht ist. Also nochmal gebären, da sind sich eigentlich alle einig, muss nicht sein. Trotzdem sind schon wieder ein paar von uns schwanger. Eine der Schwangeren sagt, dass es gut war, beim letzten Kind noch nicht zu wissen, was auf sie zukommt. Jetzt weiß sie es. Schwanger ist sie trotzdem.

Warum also? Warum nochmal all das Geschrei, der Dreck, die Schlaflosigkeit (die ja, das sei angemerkt, bei manchen Kindern ohnehin anhält bis zum vierten Geburtstag und in unserem speziellen Fall noch immer ab und an unseren Alltag belebt), das Fordern („Buch lesen, bitte, Mama. Nochmal! Nochmal! Nochmal!").

Ich will gar nichts von Zähnen schreiben. Die haben

wir ja auch noch. Und sie kommen schmerzhaft. Dann werden die Kinder älter. Und weniger niedlich, dafür aber willensstärker, will sagen: Sie schreien auch mal gern. Jedenfalls meins. Es hat nämlich einen ganz tollen eigenen Willen, mein Liebkind. Und eine wunderbar laute Stimme dazu. Ferner ist sie gesegnet mit einem guten Wortschatz. Langsam wird sie auch argumentativ stärker – mit eineinhalb Jahren.

Heute aber dann hab ich sie ins Bett gebracht, nicht, dass das normalerweise etwas Besonderes wäre, aber es war eben heute doch etwas Besonderes.

Meine Tochter schreit jetzt immer schon im Treppenhaus ein sehr süßes „Mama", betont auf der zweiten Silbe. Laut rufen lernen wir erst. Ich eile hurtigst heran und nehme dem Papa das Kindlein ab.

Dann sind wir im Dunkeln und liegen da so. Ich halte sie am Arm, das mag sie zum Einschlafen.

Dann sagt sie: „Mama, kuscheln?"

Sie kriegt ein Bussi.

Kurze Pause.

Dann sagt sie: „Mama, nochmal Bussi?"

Sie kriegt ein Bussi.

Kurze Pause.

Dann sagt sie: „Hab dich lieb."

Zum ersten Mal in ihrem Leben nuschelt sie einen Ausdruck von Liebe hinter ihrem Schnuller hervor in die Welt hinein und tut es in meine Richtung. In meine! Ich kann nicht sagen, was das für ein Gefühl ist. Es ist ein unfassbares Glück, das da ganz neu und einzigartig über mir ausgeschüttet wird.

Es ist so … so … ja, so … unbeschreiblich. Tut mir leid. Es ist unbeschreiblich. Mit unserer Tochter erleben wir so viele Dinge zum ersten Mal in unserem Leben, dürfen neue Erlebnisse teilen und alles scheint mehr Sinn zu machen, zielgerichteter zu sein. Es gibt neue Emotionen, im Guten wie im Schlechten. Wir machen Grenzerfahrungen und erfahren auch auf ganz andere Weise, was Glück und Liebe bedeutet. Und jetzt frage ich: Wer, bitte, wer würde diese ersten Male nicht noch einmal erleben wollen? Das absolut Unbeschreibliche erleben? Na also! Es leben die zweiten Kinder.

Positiv!

Mutter in einem sentimentalen Moment:
„Ich bin so froh, dass ich dich hab!"
Tochter: „Ich bin auch froh, dass ich mich hab!"

Zugegeben, es war schlimm, dass es nicht sofort nochmal geklappt hatte, nachdem wir erst entschlossen waren. Wir versuchten es jetzt schon eine ganze Weile mit K2 (unser Arbeitstitel für das zweite Kind), und es wollte einfach nicht funktionieren. Schon bei unserer Tochter war es nicht einfach gewesen, deshalb waren wir zum Arzt gegangen, um uns Hilfe zu holen. Jetzt brauchten wir wieder Unterstützung.

Diese Hilfe hatten wir diesen Monat in Form von Hormonen und medizinischer Überwachung in Anspruch genommen. Das Ergebnis war, dass ich, wie jeden Monat, meine Tage bekam. Da der Arzt von vornherein damit gerechnet hatte, dass es nicht klappt auf diesem einfachen Weg, war es jetzt nicht überraschend. Überhaupt hat er diese Methode ja nur ausprobiert, weil ich es mir so sehr gewünscht hatte.

Es war natürlich trotzdem traurig. Wir wünschten uns wirklich sehnlichst ein zweites Kind, besonders das Liebkind betonte das immer wieder.

Nicht so schlimm, redete ich mir jetzt ein. Es würde schon noch werden. Nach einigen Tagen ist es wieder so weit, dass ich anfangen soll, die Hormone zu schlucken. Mit der Tablette in der Hand schaue ich in den

Spiegel. Und dann passiert etwas Seltsames.

Ich möchte dieses Ding nicht nehmen. Ich will einfach nicht. Warum auch immer. Mein Körpergefühl sagt mir, dass ich es bleiben lassen soll. Also lege ich die Tablette weg und hole mir, entgegen aller Realitäten, einen Schwangerschaftstest aus dem Regal. Die Frau mit Kinderwunsch hat so was immer im Haus. Ich piesle also in einen Becher und halte das Teststäbchen rein.

Dann gehe ich die Betten machen. Als ich zurückkomme, sind da zwei Striche. Zwei. Positiv. Tatsächlich positiv. Unfassbar! Sind das die Hormone? Schließlich hab ich meine Menstruation gehabt! Ich rufe den Gatten an. Der ist schon unterwegs zur Arbeit.

„Komm heim, bitte! Komm zurück! Du musst mir einen Schwangerschaftstest mitbringen. Ich hab auf so einen billigen gepieselt und der war positiv! Jetzt brauch ich einen guten und dich."

Der Gatte murrt irgendwas davon, dass das nicht sein kann, weil alles dagegen spricht. Dann kehrt er aber tatsächlich um, einfach, weil ich sage, dass ich ihn jetzt hier brauche. Mein Gatte ist halt doch einer von den Guten.

Das Liebkind schläft glücklicherweise noch, denn es ist früh am Tag und ich lache und weine und weiß nicht, was ich glauben kann.

Als der Gatte kommt, mit dem guten Test, benutze ich ihn sofort. Schwanger, sagt das Qualitätsprodukt. Schwanger!

Ich zittere am ganzen Körper, der Gatte hält mich in seinen Armen und wir weinen ein bisschen, weil wir uns so freuen. Irgendwie waren wir uns nicht sicher, dass es nochmal klappt, nachdem es schon einmal richtig schwierig war. Dann, noch immer nicht ganz sicher, rufen wir den Gynäkologen an. Es ist eine kleine, wunderbare Praxis und ich werde sofort mit dem Arzt verbunden. Seine Reaktion ist einfach toll.

„Ehrlich? Es hat geklappt? Das ist ja wundervoll! Ach, ich freu mich so für Sie! Sie können dem Test schon vertrauen."

Ich frage viel und er beruhigt mich ausdauernd.

„Nein, das mit der Blutung muss nichts heißen. Da muss man abwarten. Ehrlich, sehen Sie das positiv! Das wird schon."

Und dann sagt er noch: „Ich hätte ehrlich nie gedacht, dass das so funktioniert. So einfach. Wirklich, da können Sie sich glücklich schätzen mit Ihrer Geschichte."

Als ich aufgelegt habe, umarmen wir uns wieder. Da ist ein neues kleines Leben in meinem Bauch. Wir fühlen uns absolut privilegiert, ein zweites Kind zu bekommen. Und fassen kann man das auch beim zweiten Mal nicht, dass da jetzt ein Baby in einem heranwächst. Was für eine unglaubliche Freude!

Als wir unserer Tochter am selben Tag noch von dem Baby erzählen, ist sie außer sich vor Begeisterung.

„Ich bekomme einen Bruder", sagt sie felsenfest überzeugt. Und sie soll recht behalten.

Wieder schwanger ...

Kind und Großvater sind im Schwimmbad.
Die Liebtochter möchte unbedingt die große Röhrenrutsche rutschen.
Der Opa will nicht. „Du, das trau ich mich nicht!", sagt er.
„Aber Opa, ich pass doch auf dich auf", beruhigt die Kleine ihn.

Man denkt, man kennt das ja alles schon mit dem Schwangersein. Aber zweite Kinder zu bekommen ist völlig anders.

Der Körper weiß einerseits schon, was da auf ihn zukommt und zugleich ist jede Schwangerschaft anders als die andere. Ich habe noch von keiner Frau gehört, dass ihre Schwangerschaften gleich gewesen wären.

Dazu kommt das Wissen, dass nochmal eine gigantische Veränderung bevorsteht. Die Illusion, alles würde ganz einfach werden, diese rosa Brille vom ersten Mal Schwangersein, wo einem alles so vorkommt, als wäre es in allen Punkten wunderschön – die fehlt! Es ist einem klar, dass das erste Jahr vermutlich sehr anstrengend wird. Es ist klar, dass das Leben, das sich mit Kind eins gerade etwas entspannt hat, wieder einen großen, nicht berechenbaren Schritt in die andere Richtung macht, wenn erst das neue Kind da ist. Dieses Wissen zu haben bedeutet andererseits natürlich auch, mental besser gewappnet zu sein, was ja auch nicht schlecht ist.

Ich bin also nochmal schwanger und – das hat sich nun nicht geändert zum ersten Mal – es fühlt sich ein wenig an, als hätte mir jemand mit dem Hammer auf den Kopf gehauen. Ich bin so unfassbar erschöpft in den ersten Wochen, das kann man sich nicht vorstellen. Wenn es mir beim ersten Kind so gegangen ist, hab ich mich halt ein wenig auf die Couch gelegt, wenn ich von der Arbeit heimgekommen bin. Jetzt ist die Arbeit zu Hause und hört nie auf. Meine Tochter, gewohnt, eine wache, halbwegs fitte Mutter zu haben, ist irritiert. Sie findet es voll doof, wenn ich mich hinlege. Das mag sie gar nicht. Wir liegen da also zusammen und ich lese Bücher vor. Aber irgendwie ist das nicht die Art Entspannung, die mir so vorschwebt.

Ich schicke sie also ins Kinderzimmer. „Kochst du mir einen Kaffee in deiner Kinderküche? Ich würde mich so drüber freuen!"

Sie verschwindet euphorisch. Allerdings ist sie schnell wieder da. Ich nicht mehr. Also werde ich sehr unsanft geweckt. Unfassbar, wie zügig es mir gelingen würde einzuschlafen, wenn man mich nur ließe. Es ist sehr, sehr anstrengend.

Auch irritierend ist es, wenn das Liebkind mir hinterherrennt, wenn mir unfassbar übel ist und ich zur Toilette spurte. Ich muss mich übergeben und sie verfolgt es gebannt. Beim ersten Mal ein wenig erschrocken, merkt sie bald, dass das jetzt zur Routine gehört und sagt: „Macht nichts, das ist ja nur wegen dem Brudi."

Ihre Toleranz macht es für mich nicht gerade besser, dass mir, auf gut deutsch gesagt, jemand über die Schulter schaut, während ich mir die Seele aus dem Leib spucke.

Ein wirklich wundervoller Moment ist, als ich das winzige Baby schon in der elften Woche zum ersten Mal in meinem Bauch spüre. Es ist für mich unfassbar, dass das so früh passiert in dieser Schwangerschaft. Mein Körper ist viel sensibler. Natürlich, ich weiß ja schon, wie es sich anfühlt, wenn sich ein Baby in meinem Bauch bewegt.

Trotzdem ist dieser Moment von einzigartiger Magie!

Überhaupt ist das Söhnchen sehr mobil in mir und mit den fortschreitenden Wochen hüpft mein wachsendes Bäuchlein nur so. Selbst mein Mann spürt den Sohn, wenn ich mich an seinen Rücken kuschle, weil er so unglaublich um sich schlägt.

Ich bekomme das Sommerkind, das ich mir immer gewünscht habe. Allerdings frage ich mich mit heranrückendem Geburtstermin, ob mein Wunsch so eine gute Idee war. Denn meine Beine fühlen sich so an wie zwei Krautstampfer. Meine Schuhe werden zu Folterinstrumenten und der einzige schöne Platz ist im Badesee, wo ich mich nicht fühle wie eine watschelnde Tonne.

Indessen kann das Liebkind gar nicht fassen, wie lang so eine Schwangerschaft dauert. Sie fragt sehr oft nach dem Verbleib ihres Bruders („Ist er immer noch in deinem Bauch?") und erwartet ihn sehnlichst. Ich auch.

Am Ende dieser Schwangerschaft mag ich nicht mehr. Es ist ehrlich anstrengend gerade. Und der Sohn will und will nicht kommen. Vielleicht ist ihm auch zu heiß hier draußen? Auf jeden Fall sitzt er stur und hartnäckig in meinem gigantischen Wanst, bis der Arzt die Einleitung der Geburt am nächsten Tag ankündigt …

Eine zweite Geburt

Das Liebkind ist hinsichtlich der Geburt des Bruders bester Din-
ge: „Und dann, Mama, dann schlüpft der Brudi einfach so aus
dir raus!"
Haha.

„Aua, die tat richtig weh!" Ich bin überrascht. So eine Wehe hatte ich in beinahe zweiundvierzig Schwangerschaftswochen nicht. Brauch ich jetzt auch nicht mehr, denn ich habe mich emotional mit der Einleitung der Geburt am kommenden Morgen längst abgefunden und lebe jetzt mit dem Gedanken, dass das Kindlein dann eben morgen auf künstlichem Weg kommt. Schön gemächlich und eben so, wie „die da im Krankenhaus" es sich vorstellen und nicht, wie das Kind und ich es gern hätten. Weil: Er will ja nicht.

Jetzt allerdings war da eine Wehe, die ihren Namen verdient, aus heiterem Himmel, mitten in unseren letzten Abend als Einkindeltern hinein. Und dann spüre ich es auch schon: Das muss Fruchtwasser sein, das da… äh, ja. Ist es.

Schnell den Gatten gerufen, denn wir brauchen einen Krankenwagen, hieß es.

Tom, der nette Rettungssanitäter, und sein Kollege sind dann auch zügig da, genau wie meine Wehen, die sofort in größter Regelmäßigkeit auftauchen. Tom neigt, das merkt man, bei wehenden Frauen zur Panik und ruft einen Notarzt, 300 Meter vor dem Klinikum steigt der zu. Ich bin indessen entspannt. Und noch zu Späßen aufgelegt. Allein das zeigt mir: Ich bin noch nicht im Ansatz in Geburtsnähe. Gebären ist nämlich so gar nicht lustig.

Dann, im Krankenhaus, schnell ans CTG und jetzt wird es schmerzhaft. Das Lachen ist mir zügigst vergangen und ich verkünde den beiden anwesenden Hebammen, dass ich die PDA für eine ganz fantastische Sache halte, so als Geburtshauserstgebärende. Dafür ernte ich tadelnde Blicke und den Kommentar, dass die Frauen schon motiviert werden sollen, so eine Geburt durchzuhalten.

Ist mir ja alles recht, sage ich, aber ich hatte das Vergnügen schon mal für dreißig Stunden und da war mein Mann dabei. Jetzt bin ich allein und nein, das kann ich nicht schaffen. Ich bin gerade angekommen und hab schon Pressdrang. Mein Muttermund aber ist – zu. Danke auch, das mach ich nicht für Stunden. Nicht nochmal bzw. scheint mir so allein der Schmerz ohnehin noch viel schlimmer.

Irgendwann ist aus 21.30 Uhr 0.45 Uhr geworden. Da endlich, endlich kommt mein Retter, der PDA-Mann. Zwischenzeitlich war noch unklar, ob meine miesen Blutwerte und der Verdacht auf Schwangerschaftsvergiftung überhaupt eine PDA zulassen. Dann war da noch das grüne Fruchtwasser, das anzeigt, dass K2 (Kind 2, Arbeitstitel) unter Stress steht. Alles nicht gut also. Als dann der wunderbare, einzigartige Mann mit den Drogen kommt, brülle ich gerade zum Steinerweichen. Er meint gelassen, er käme wohl gerade zum richtigen Zeitpunkt. Jaha, das mal sicher, wobei: Vor einer Stunde wäre es auch schon schön gewesen, nicht wie halb abgestochen durch die Entbindungsstation zu brüllen. Ein Glück, dass nur ich da war. Ich und die Hebamme, die mich nicht leiden kann, weil ich die PDA für unverzichtbar erachte.

Als die PDA sitzt, wird es himmlisch. Entspannt atme ich zu meinem Kind und freue mich. Mir wird gesagt, dass das Dings bei mir nicht so gut wirkt, ich finde aber, sie wirkt genau richtig. Ich merke, wie K2 drückt und kann gleichzeitig liegen und atmen. Es ist sensationell.

Aber plötzlich ist es das gar nicht mehr. Eine Wehe kommt und hört nicht mehr auf. K2s Herztöne sacken und sacken und sacken. Sie hören gar nicht mehr mit dem Langsamerwerden auf und schnell wird die Hebamme huschig. Ich bekomme Wehenhemmer und Sauerstoff und Angst ohne Ende. Was hat er nur?

„Nochmal braucht er das nicht machen", sagt der Arzt, die Hebamme nickt. Ich fürchte mich. Was ist da los? Mein Herz schlägt wie verrückt, dank Medikation, ich schüttle mich am ganzen Körper, das ist wohl die Anstrengung der Wehen von vorhin.

Alles nicht schlimm, alles gar nicht schlimm, aber: Was ist da los?

Man weiß es nicht. Das kann alles sein, vielleicht auch gar nichts.

Aber schnell zeigt sich: Da ist was. Die Töne sacken wieder. Nächster Wehenhemmer. So geht es nicht weiter, das ist klar. Man kann gar nicht so schnell gucken, wie ich Thrombosestrümpfe anhabe und der Bauch rasiert ist. Kaiserschnitt! Die wollen mir tatsächlich den Bauch aufschneiden.

Ich merke, ich will das alles nicht. So allein war ich

noch nie, alles passiert mit mir und K2, ohne dass ich das Gefühl habe, eingreifen zu können.

Der Gedanke, dass das Kind erst einmal in fremde Hände kommt, ist grauenvoll. Aber niemand wird da sein, der es halten könnte und bei dem ich es schön fände, wenn er das Kind hält.

Der Gatte ist nämlich beim Liebkind. Das haben wir ihr so versprochen. Und versprochen ist versprochen und so weiter …

Es wird hektisch im Raum, die Oberärztin wird angerufen. Sie sagt, sie möchte noch die Sauerstoffsättigung des Kindes wissen, bevor geschnipselt wird. Und was keiner gedacht hätte wird wahr: Es geht K2 gut. Er hat keine Probleme.

Nun wurde ich für die Ermittlung dieser Sättigung in eine aufrechte Position gebracht und alles ist auf einmal anders. Das gestresste K2 zeigt wunderschöne Herztöne.

„Der Muttermund ist offen", spricht der Arzt.

Ich bettle und flehe, es versuchen zu dürfen. Nur, solange es vertretbar ist, aber es versuchen. Wenigstens probieren.

„Bitte. Bitte lasst mich doch wenigstens sehen, ob ich dieses Kind ins Leben bringen kann. Jetzt, wo es ganz gut aussieht für ihn und sein Herz feste klopft. Wenigstens so lange, dass eine Saugglocke zum Einsatz kommen kann."

Man zögert und willigt ein. Ich darf es probieren, so lang die Sauerstoffsättigung gegeben ist.

Also drücke ich um mein Leben. Meine leblosen Beine hieve ich mir aus den Beinvorrichtungen – wie auch immer die Dinger heißen. Ich drehe mich um, setze mich auf die Beine und alles an mir ist ein einziges Drücken. Ich will dich da rauskriegen, Kind, auf meine Weise. Ich sporne dich an, ich schreie sogar deinen Namen und bitte dich, mir zu helfen. Ich bin peinlich, ich würde mich im Nachhinein nicht sehen wollen in der Situation, aber ich gebe alles. Ich fühle dich. Ich fühle dich nach unten kommen. Du bist schon so nah, dass ich einfach weiß, wir können das schaffen.

Plötzlich steht da die Saugglocke neben mir.

Die Hebamme ist wie ausgewechselt. Plötzlich ist sie der freundlichste, liebevollste Mensch der Welt.

„Wenn mehr Frauen wie Sie wären, würde mir die Arbeit mehr Spaß machen", sagt sie, die mich davor verurteilt hat. Der Arzt grinst auch die ganze Zeit. Als ich mich wieder auf den Rücken lege, sage ich, dass mein Baby fast da ist. Die Hebamme ist irritiert. Sie sieht den Kopf. Das ging wohl schneller, als alle gedacht haben.

Die Glocke wird weggeschoben. Der Arzt sagt, drei solche Wehen mit meiner entsprechenden Bemühung und das Baby ist da. Ich arbeite weiter wie nie zuvor. Ich sage ihm, er soll mir helfen, sich auf meinen Bauch legen. Er versucht es. Ich sage, dass ich mehr Kraft von ihm brauche. Er ist irritiert, dann wirft er sich auf meine Wampe.

Drei Wehen. Drei Wehen. Dann, nach drei Ewigkeiten später, ist da ein Kopf. Jetzt will der Körper nicht mehr kommen. Ich kämpfe ein letztes Mal. Meine Beine werden gegen den Bauch geschlagen. Und dann ist er da, die Nabelschnur lässig über der Schulter. Aha. Das war es also.

Er ist still, zu still. Aber nur für einen Moment, dann ist er da. In meinem Arm. Laut. Er schreit. Er kann

schreien! Und wir beide haben es am Ende doch geschafft, gemeinsam. Er und ich. Der Sohn. Mein Sohn.
In meinem Arm, in meinem Arm, so wie es sein muss,
ganz genau so.

Ein Leben mit zweien

Ich fahre vorsichtig das Auto in die Garage.
Das Kind sagt – gerade erst der Sprache mächtig:
„Mama, vorsichtig reinfahren, sonst bumm,
dann scheiße."

Fünf Minuten lang gehört mein kleiner, ganz neuer, rosiger, wunderschöner Sohn nur mir. Wir starren einander an. Ich plappere Dinge, die ich nicht mehr weiß. Viel Sinn wird das nicht gemacht haben, meine Worte, aber es war geprägt von dem Gefühl totaler Überwältigung, das man nun mal hat, wenn man gerade ein neues Leben im Arm hält.

Dann nehme ich das Telefon und rufe den Gatten an: „Du bist Vater eines wunderschönen Sohnes geworden!"

Ich heule. Er heult. Der rosige Sohn heult nicht. Er schaut und schaut.

Jetzt wird es nicht mehr lang dauern, dann kommt der Gatte und nimmt uns hoffentlich schnell mit nach Hause. Ich frage mich, ob ich es dieses Mal schaffe, meinem Mann ins Gesicht zu schauen, wenn er das erste Mal sein neues Kind betrachtet. Beim letzten Mal war ich selbst so wahnsinnig ergriffen vom Anblick meiner Tochter, dass ich wie hypnotisiert in deren winziges Gesicht gestarrt habe.

Mit unserem Sohn bin ich allein die ersten zwei Stunden. Es kann also klappen, mit Glück.

Ständig kommt eine Krankenschwester ins Zimmer und braucht was. Die Hebamme kommt und geht, der Arzt kommt. Man will den Sohn untersuchen und ich verweigere. Ich finde, der Nächste, der ihn anfassen sollte, ist sein Vater. Die anderen kommen danach. Schließlich ist er frisch gepresst und winzig und hat seinen Papa noch nicht einmal gesehen. Da geht es einfach nicht, dass der Vater noch weiter hinten ansteht, wo er schon die Geburt des Jungen nicht miterlebt hat.

Der Sohn liegt wach da und harrt der Dinge, die da kommen. Er hat ein paar Schlückchen Milch getrunken. Die Hebamme kommt, um das Baby zu untersuchen. Ich verweigere wieder.

Dann betritt der Gatte das Zimmer und sein Gesicht ist wie ein Licht. Er sieht dieses Baby – dick, zerknatscht, dreckig von der Geburt – und ich kann sehen, dass es ihm geht wie mir: Er sieht den schönsten Menschen seit der Geburt unserer Tochter.

Zeit vergeht. Der Sohn wird untersucht. Er ist gesund und ein Mops. 4000 Gramm. Was für ein Paket. Und irgendwann ist der Tag vorbei und wir gehen nach Hause. Ich mag Krankenhäuser nicht. Also gehen wir. Ich bin so glücklich, mehr geht nicht. Jetzt will ich dem Liebkind den Bruder zeigen. Sie wartet, da bin ich mir sicher.

Draußen dann scheint die Sonne und es ist ein ganz normaler Montag für die ganzen Leute. Die Welt dreht sich einfach so weiter, obwohl wir heute ein Kind bekommen haben. Es ist nicht zu fassen. Ich starre immer wieder in den Maxicosi und kann nicht glauben, dass dieser kleine Kerl jetzt für immer zu uns gehört. Während der Gatte das Auto holt und ich mit anderen Patienten vor dem Haupteingang des Krankenhauses sitze, kann ich gar nicht fassen, was in den letzten vierundzwanzig Stunden passiert ist. Wieder hat sich unser Leben um hundertachtzig Grad gedreht und ich frage mich, was wohl in den nächsten Wochen, Monaten, Jahren auf uns zukommen wird mit diesem neuen, kleinen Erdenbürger, der da so friedlich und ahnungslos schläft. Zuhause dann gehe ich mit dem Jungen ins Bett. Der Gatte holt das Liebkind bei den Großeltern ab.

Was freu ich mich auf mein großes Kind! Wir haben schon alles für ihre Ankunft vorbereitet, inklusive eines Kinderwagens für ihre Puppe, den der Bruder mitbringt.

Als sie kommt, stürzt sie sich auf das Baby. Sie findet ihn zuckersüß und wundervoll. Für ungefähr, na, sagen wir, drei Minuten. Dann sieht sie den Kinderwagen und verschwindet mit dem Ding ins Kinderzimmer. So viel also zur Familienzusammenführung.

„Mama, der Kinderwagen ist aber toll!"

Ganz offensichtlich nimmt der Wagen den größeren Teil ihrer Aufmerksamkeit in Anspruch.

Sie weiß natürlich noch gar nicht, was es bedeutet, noch einen Menschen mehr in der Familie zu haben. Wie sollte sie wissen, dass diese vierundfünfzig Zentimeter Mensch ihr ganzes Leben auf den Kopf stellen werden?

Zweite Anfänge

Tochter: „Mamaaa? Sag mal, gibt es den Osterhasen eigentlich in
echt?"
Ich: „Wie kommst du auf die Frage?"
Sie: „Na, weil ich ihn noch nie gesehen habe."
Ich: „Was glaubst du denn?"
Sie: „Ich glaube, das ist ein verkleideter Mensch."
Ich: Hab Denkpause.
Dann: „Wär das schlimm?"
Sie: „Nein, die Schokolade und die Eier gibt es ja trotzdem!"
Ich: „Stimmt, das ist super."
Sie: Hat Denkpause.
Dann: „Aber für diesen Menschen ist es schon schade.
Der bekommt ja dann keine Schokolade an Ostern."

Zunächst bemerkt man das Baby tatsächlich kaum. Er isst, schläft, weint und pupst. Wir nennen ihn liebevoll den „Mitläufer", weil er halt einfach mit dabei ist und das Leben weitergeht. Wir schieben halt einen Kinderwagen mit und ab und zu stille ich.

Ein zweites Kind zu bekommen ist viel entspannter, als ein erstes zu kriegen, weil man schon so viele Dinge weiß. Man weiß, dass die Bauchschmerzen des Babys halt irgendwie dazugehören. Man weiß, dass es nachts irgendwann schlafen wird – wenn auch nicht jetzt. Man weiß, wie man das Kind anzieht und dass es dabei nicht zerbrechen wird, ganz sicher nicht. Ein zweites Kind zu bekommen ist für die Eltern mehr Routine. Man kennt das alles schon und obwohl natürlich auch der Sohn bei uns etwas Magisches hat und dieses Babygesicht in uns tiefe Rührung auslöst und das erste Lächeln von ihm uns zum Weinen bringt, ist es immer das zweite Mal. Wir kennen das schon.

Beim großen Kind erinnere ich mich haargenau an die ersten Schritte. Ich weiß noch, wo und wie sie die ersten zögerlichen Laufversuche gemacht hat und ich erinnere mich an dieses überflutende Glück dabei. Beim Sohn ist alles anders. Er lernt anders. Er benimmt sich anders. Er erlebt auch anders. Er ist ein ganz eigener Mensch. Ich liebe ihn genauso sehr wie ich seine große Schwester liebe. Aber aufgrund der viel wilderen, bewegteren Lebenssituation und zugleich dem Erleben, dass alles ein zweites Mal zum ersten Mal passiert, ist es irgendwie anders.

Mit zwei Kindern ist einfach mehr Alltag da. Und der verschluckt manchmal einfach Momente, so kommt es mir vor. Auch wenn das natürlich jammerschade ist.

Dazu kommt auch das Gefühl des Zerreißens, das einen unweigerlich begleitet.

Ein Beispiel:

Kind groß will ein Buch lesen.

„Süße, jetzt gerade kann ich aber wirklich nicht!" Die Mutter schaukelt das brüllende Kind im Arm.

„Aber Mama, ich möchte so gern!"

„Ja, aber schau, dein Bruder weint."

„Ich hör nicht hin!", argumentiert das Kind großherzig.

„Na, aber ich kann mich nicht aufs Lesen konzentrieren", ich schaukle immer noch das mittlerweile sechs Kilo schwere Baby durch die Wohnung.

„Ich mich schon. Du musst doch nur lesen!"

Es vibriert in meinem Arm. Der Sohn hat gekackt. Es riecht unfassbar streng.

„Ich muss jetzt erst mal deinen Bruder wickeln."

„Er darf doch stinken, Mama. Mir macht das nichts."

Himmel! Wie hartnäckig kann man sein?

In solchen Situationen spüre ich viele widersprüchliche Gefühle. Ich will vorlesen, ich will meinen Sohn wickeln, ich will für beide Kinder gleich da sein und eine gute Mutter sein. Ich will allem gerecht werden und ich will schlafen und meine Ruhe. Ich spüre dann eine unglaubliche Zerrissenheit in mir und das Wissen, dass irgendetwas – und wenn es nur der Haushalt ist – auf der Strecke bleibt, ist ein unschönes Gefühl. Es ist irgendwie ein Gefühl von Versagen und davon, den Ansprüchen nicht gerecht werden. Auch, wenn es nur die Ansprüche sind, die ich an mich selbst stelle.

Es tut mir wahnsinnig leid, wenn ich gereizt bin, weil mich der Alltag, der müde Alltag, manchmal wie eine Welle überrollt. Und besonders tut mir das große Kind leid, das es auch anders kennt. Sie kennt es, mich nicht zu teilen. Sie kennt es, dass wir stundenlang lesen oder malen. Sie kennt das „Vorher". Und sie muss sich jetzt neu orientieren.

Und – überraschenderweise – liebt sie ihren Bruder abgöttisch, obwohl er ein Zeitfresserchen ist. Sie vergöttert ihn geradezu, überschüttet ihn mit zu viel Liebe und behandelt ihn auch so, als würde er ihr gehören.

„Das ist mein Bruder!", hören wirklich alle Leute, die wir treffen. Ihr Bruder, das ist für sie wie ein Statussymbol. Und der Gatte und ich hoffen von Herzen, dass sie sich dieses Zuneigungsgefühl bewahren kann. Denn wir wünschen uns so sehr, dass sie in ihrer Familie einen Freund hat …

Stillen, die zweite

Das Kind sammelt Moos im Wald auf einen Haufen.
Ich frage sie: „Wofür brauchst du denn das?"
Sie: „Na, das kommt in meinen Geldbeutel. Ohne Moos nix
los!"

Wir sind, angeblich, eine aufgeklärte Gesellschaft. Jedenfalls sagt man das so. Aber wenn man jemandem erzählt, dass man ein Kind, das über ein Jahr alt ist (bis dahin ist es noch leidlich toleriert) noch stillt, weil man das Gefühl hat, es tut dem Kind gut und weil man weiß, dass das Kind gesund und munter ist, ist die Aufklärung dann doch noch nicht so weit gediehen.

Da sind die Großmütter: „Gut, dass du den Jungen jetzt schon abgestillt hast. Damals bei der Großen, das war schon viel zu lang."

Wenn ich dann frage, warum, gibt es keine Antwort. Kann es ja auch gar nicht geben, denn die Muttermilch ist nun mal, das lässt sich nicht abstreiten, das optimale Milchprodukt für die kindliche Entwicklung. Keine Kuh kann da mithalten. Wenn ich also als Mama nicht bereit bin, die weltweite Durchschnittsstilldauer, die bei knapp drei Jahren liegt, zu drücken, muss ich mich schräg anschauen lassen und damit leben, ein überbehütendes Muttertier zu sein, das seinem Kind zumutet, auch im hohen Alter von eineinhalb Jahren noch aus der Brust zu trinken. Ich meine, ich hab auch niemandem vorgeworfen, dass er sein Kind nach einem halben Jahr an

Pulverkost gewöhnt hat. Das mögen die betreffenden Eltern doch bitte so halten wie sie wollen. In der Regel ist es ja ohnehin so, dass die Kinder selbst wissen, was sie wann brauchen.

Mein Sohn beispielsweise hat sich mit vierzehn Monaten abgestillt. Er war mit einer Reismilch total zufrieden und hat sich auch ohne Brust ganz offensichtlich geborgen gefühlt. Mein großes Kind hat auf einer Reise in Thailand phasenweise wieder voll gestillt. Da war sie zwei Jahre alt. Aber – und das ist der ausschlaggebende Punkt – wir haben uns damit wohlgefühlt. Es war kein Problem für uns, im Gegenteil. Sie war ein sehr aufgewecktes, glückliches Kind, das die Sicherheit der Brust gebraucht hat. Kinder sind eben verschieden, haben unterschiedliche Bedürfnisse und Charaktere. Mütter übrigens auch.

Deshalb kann ich nur jedem raten, genau das zu berücksichtigen mit einem Sprichwort, das nun wirklich eine Daseinsberechtigung hat: Leben und Leben lassen!

Nur die Milch macht's

*„Wenn ihr Eltern weiterhin so gemein zu mir seid,
dann kündige ich!"*

Wir sind bei einer Taufe eingeladen. Super. Alles sehr relaxed, wahnsinnig nette Stimmung. Der Sohn ist begeistert. Eine Flut Menschen, die man alle anstrahlen kann.

Er weiß gar nicht, wohin er sich zuerst ausstrecken soll. DAS ist Kinderglück, schauen und schauen und schauen, alles was passiert genau verfolgen. Da merkt man gar nicht, wenn man vor Hunger kaum noch im Hochstuhl sitzen kann. Ist ja alles so unfassbar aufregend. Da braucht das Kind überhaupt nichts mehr zu essen. Er erfreut sich an anderen Dingen im Leben, wenn der Magen auch noch so laut knurrt.

Nichtsdestotrotz. Das Mutterschiff hätte gern ein nachts im Ansatz sattes Kind. Wir kennen das ja jetzt alle mit dem Nachtschlaf, seiner Notwendigkeit und dem unmittelbaren Zusammenhang des Schlafes mit dem mütterlichen Wohlbefinden am Folgetag. Das Essen wird dennoch verweigert, die Brust auch. Also klar, Muttermilch im Becher muss her.

Ich begebe mich ins Damenklo. Nach kurzer Zeit bietet sich dem Sohn ein Becher Milch. Aber, wie gesagt, Zeit ist gucken, da nimmt man besser nur das Notwendigste an Essen. Es bleibt ein halber Becher Milch im Aventbecher. Auch egal, kann er ja später trinken, denk ich mir noch so und stell den Becher auf seinen Hochstuhl.

Alle gehen raus. Das Wetter ist ein Traum. Später dann, Kaffeezeit. Der Sohn und mein Mann schon am Tisch. Ich komme auch, mit dem einer Stillmutter angemessenen Kuchenberg auf dem Teller, sprich so vier Stückchen Torte.

Davor war ich an unserem Platz und hab gesehen, dass das Kind seine Milch doch noch ausgetrunken hat. Gott sei Dank! Nachtschlaf!

„Ah, super, hat der Sohn nochmal getrunken", sage ich, als ich den Gatten mit dem Sohn draußen antreffe.

Der aber antwortet mit einem fragenden Blick.

Ich: „Na, die Milch ist weg!"

Mein Mann schaut irritiert auf den Becher in meiner Hand, jetzt leer.

„Also, ich hab ihm nichts gegeben."

Es dauert. Es dauert wirklich, bis der Groschen bei uns fällt und uns langsam erschließt, was vorgefallen sein muss. Jemand hat definitiv den Becher geleert.

Und es bleibt die Frage: Wer von den Gästen hat sich mit meiner Muttermilch seinen Kaffee verfeinert? Wir werden es wohl nie herausfinden!

Mütterrivalitäten

*„Mama, wenn du mich in den Kindergarten gebracht hast, was
machst du denn dann?"*
„Na, ich geh zur Arbeit."
*Das Kind überlegt: „Das ist dann so was wie ein Kindergarten
für Große, oder?"*

„Kann deiner schon laufen? Ach. Meiner interessiert sich ja mehr für Feinmotorik!"

„Ach, dein Kind spricht schon Zweiwortsätze? Meiner läuft, seit er neun Monate alt ist."

„Echt, du gibst dem Kind noch die Flasche? Meine trinkt schon, seit sie drei Monate alt ist, aus dem Glas."

So und ähnlich laufen Unterhaltungen auf Spielplätzen. Die Kinder – Objekt der Selbstverwirklichung, Abbild mütterlicher Bemühungen – sollen dem gerecht werden, was Mutter möchte. Sie dürfen heutzutage nicht mehr einfach groß werden und individuell sein, sie sollen bitte funktionieren.

Dieses Gehabe geht sehr weit.

Ein Beispiel:

Meine Tochter geht gern in die Tanzstunde. Sie macht das, seit sie drei Jahre alt ist. Sie geht hin, setzt sich an den Rand und schaut. Sie schaut und schaut. Und ich sehe sie durch ein Fenster. Alle Mütter stehen vor dem Fenster und schauen. Wie drinnen meine Tochter. Das geht dann so:

„Schau mal, die Ann-Kristin, wie die schon auf den

Zehenspitzen steht!"

„Deine Luise, guck mal, wie die die Zunge rausstreckt!"

„Also meine Antonia hat sich heute aber toll konzentriert."

Und ich hab zu meiner Freundin gesagt, ohne nachdenken, wirklich, nur so dahin: „Schau mal, meine schaut nur."

Mehr nicht. Schließlich habe ich ihr beim Schauen zugeschaut und festgestellt, dass sie ebendieses tut. Sie schaut zu. Mein Hintergedanke war, wenn ich nur schaue und sie nur schaut, dann ist das vielleicht zu viel Schauen und zu wenig Tanzen und ergo ein wenig langweilig auf die Dauer. Wenn jeder nur ein „dummes G'schau" macht, wie man das in Bayern so sagt.

Bei der nächsten Stunde hat eine Mutter, die sonst sehr gern redet, nicht mehr mit mir gesprochen. Es hat nicht einmal fürs Grüßen gereicht. Von anderer Seite hab ich dann gehört, was ich wirklich gesagt habe.

Der Satz: „Schau mal, meine schaut nur." bedeutet übersetzt nämlich, dass mein Kind nicht nur schaut, sondern dass ich als ihre Mutter denke, meine Tochter sei klüger als ihre, die eben nicht nur schaut, sondern vielmehr mittanzt. Das Schauen meiner Tochter würde ich dagegen als intellektuelle Leistung werten und damit zum Ausdruck bringen, dass ich das klügere Kind hätte.

Abgesehen davon, dass ich das ja nun nicht gesagt habe, fragte ich mich nach dieser Episode schon, wie diese Frau zu ihrer verrückten Interpretation kam. Ich habe die Vermutung aufgestellt, dass sie ihr Kind mit anderen Kindern vergleicht und das Schauen für intelligenter hält als das Bewegen zur Musik.

Und dann hab ich mir gedacht, wie froh ich bin, dass die Frau nicht mehr mit mir spricht. Denn solche Abstrusitäten schau ich mir viel weniger gern an als meine schauende Tochter.

Ich glaube, es wäre schön, wenn wir Eltern, wir Mütter im Besonderen, unseren Kindern einen riesigen Gefallen täten, indem wir sie einfach mal so nehmen würden, wie sie eben sind.

Wer braucht schon das genormte Kind? Das Leben ist doch mit Vielfalt viel schöner und bunter!

Das Kind, der Feind

„Mama, ich will die Nackefüße anbehalten!"

Ich bin mal wieder beeindruckt von der menschlichen Dummheit.

Exakt so habe ich die folgende Begebenheit am Tretbecken erlebt. Es ist ein heißer Tag, die Sonne brennt nur so vom Sommerhimmel. Wir sind mit den Kindern schon eine ganze Weile da. Es sind Leute gekommen und gegangen, alle haben sich am Wasser erfreut. Wir haben unsere Meute ermahnt, nicht zu sehr zu planschen und die Leute haben alle entspannt reagiert. „Lassen Sie nur, es ist doch so warm!"

Manche haben sogar zurückgespritzt. In jedem Fall war die Stimmung passend zum sommerlichen Wetter, alle waren entspannt und fröhlich.

Doch es sollte anders werden. Nicht jeder Mensch kann unkompliziert das gute Wetter genießen und sich miteinander freuen. Manche Leute hassen es einfach, wenn jemand einfach so seinen Spaß hat und das Leben genießt. Wo kämen wir auch hin, wenn jeder das täte? Man könnte dann ja am Ende noch entspannt und zufrieden sein. Wer will denn so was? Gut, dass es noch Leute mit Sinn für Ordnung gibt! Sonst wären am Ende noch alle glücklich nach Hause gegangen. Eine schwergewichtige Seniorin trabt in offensichtlicher Kneippabsicht heran. Sie schaut griesgrämig drein und keucht vom Anreiseweg.

Wir Mamas haben zwei Mädchen und einen kleinen

Jungen dabei. Das Schwergewicht kommt und sagt: „Ich möchte hier kneippen."

Ich sage: „Bitteschön!"

Sie: „Ohne Kinder." Vorwurfsvoll schaut sie auf meinen Sohn, der am Beckenrand steht und auf das Wasser schaut.

Die Mädchen sitzen in der Wiese und unterhalten sich über irgendwas.

Die Kinder waren zu dem Zeitpunkt also ohnehin alle nicht im Becken. Das habe ich dann auch so mitgeteilt. Und dass unsere Brut wohl weiß, dass man andere Kneippende nicht vollspritzt und das ergo auch nicht tut. Meinen Lauflerner nehme ich ohnehin weg, wenn jemand kommt und durchs Becken staksen will. Er kapiert es ja nun noch nicht.

Sie: „Aber ich falle über die Kinder drüber. Ich seh die nicht."

Im Vorfeld hatte sie unsere Kinderschar ganz prächtig gesehen. Jetzt stehen sie – angelockt vom Wortgefecht – neugierig am Rand des Beckens und sind unsichtbar.

Ich: „Das schaffen Sie!"

Sie: „Nein. Außerdem: Können Sie lesen?"

Meine Freundin, ein an sich eher ruhiger Mensch, die niemals jemanden anblafft, springt jetzt auch mit auf: „Nur sehr mäßig."

Mittlerweile sind wir sehr verärgert von der Dame, die ganz offensichtlich keine Kinder mag.

Sie: „Da steht doch ..." Was da steht, sagt sie nicht.

Ich weiß es trotzdem, nämlich dass Kleinkinder am Tretbecken beaufsichtigt werden müssen. Das haben wir getan und - naja, ist ja auch irgendwie logisch, sie nicht einfach absaufen zu lassen. Das Gespräch stockt. Ich verweise unsere Kinder darauf, dass die Frau das Becken für sich alleine braucht. Man will ja keinen Stress, gell. Ich bin da kooperativ und denk mir nur meinen Teil.

Als die Schwergewichtige fertig ist mit ihrer Gesundheitsfürsorge, kommt sie zu uns. Sie sucht erneut das Gespräch. „Ich hab oft so einen Ton drauf, das tut mir leid. Aber ich habe mir halt gedacht, was sind das für verantwortungslose Mütter, weil die ihre Kinder da rein lassen."

Hä? Wie jetzt? Man sieht uns wohl die Irritation an. Was ist das denn jetzt für eine Masche?

„Ja, weil, jedes eintausendste Kind stirbt beim Kneippen an einem Herzinfarkt."

Mein Hinweis, dass unsere Kinder gesund sind und die Außentemperatur nah an dreißig Grad, wird da völlig ignoriert. Es wird vielmehr gekontert. Ich wäre schuld, wenn mein Kind stirbt, weil: Man weiß ja nicht vorher, ob ein Kind gesund ist. Ich weise die Frau darauf hin, dass das Leben insgesamt Gefahren birgt und man nicht allem ausweichen kann. Außerdem hier am diesem Tretbecken, das nicht sehr kalt und an dem bis dato auch niemand verstorben ist. Darauf kontert die Dame geschickt: „Die sterben dann ja nicht hier, sondern im Krankenhaus."

Mit Schwung macht sie eine Kehrtwende und zack, weg läuft sie, so schnell die dicken Beine sie tragen.

Ob jemand ihr sagen sollte, wie groß das Herzinfarktrisiko bei ihr - deutlich älter und korpulenter als die Kinderschar - ist, wenn sie so lebensgefährlich kneippt?

Ich frage mich ehrlich, was die Dame wollte. Wir waren rücksichtsvoll und nett, die Kinder haben sich benommen und alles war gut. Wie kinderfeindlich kann denn unsere Gesellschaft sein? Ich glaube, ich will das gar nicht so genau wissen …

„Wenn er nur schlafen würde!"

„Bubi, sag mal Schmetterling!"
Sohn, im Brustton der Überzeugung:
„Schlingel!"

„Wenn er nur schlafen würde", sage ich und renne nochmal um den Tisch herum, im Arm das brüllende Kind. Der Gatte sitzt auf dem Sofa, nicht unbeteiligt, aber hilflos. Er ist in punkto Schlafen eine Randfigur, vom Sohn nicht als Einschlafhelfer geduldet. Wenn er den Jungen in Ausnahmen mal nimmt – weil ich nach einer Stunde Treppensteigen oder Kindschuckeln einfach mal auf die Toilette muss – mutiert der Nichtschläfer, wie wir ihn liebevoll nennen, schlagartig zum Wutbürger, bis er sich wieder in heimatlichem Gefilde befindet. An meinem Hals oder in meinem Arm oder an meiner Brust muss er sein, sonst ist das Leben nicht lebenswert. Aber dazu komme ich später noch. Das Thema Schlaf hält alle Eltern in Atem, besonders, wenn es Neueltern sind.

„Schläft dein Kind schon durch?"

Wenn man das bejaht, ist man der beneidenswerteste Mensch unter der Sonne. Wir haben, wie gesagt, das Kindermodell Nichtschläfer. Lieben tun wir ihn trotzdem, aber schön ist es nicht. Es ist egal, wie müde er ist, er stillt sich weder in den Schlaf, noch kann man ihn wach in sein Bettchen legen und er schläft ein. All das funktioniert nicht. Er tendiert eher dazu, sich in den

Schlaf zu brüllen. Um das zu vermeiden, trage ich den Sohn in der Gegend herum, draußen, drinnen, egal. Ich schleppe ihn, bis er endlich schläft, warte dann, bis er tief genug schläft und lege ihn dann – wichtig – in mein Bett, wo er mich riecht und hoffentlich zumindest ein paar Stunden ruhig vor sich hin schlummert. Als der Sohn sechs Monate alt ist, klappt aber trotz meiner intensiven Bemühungen gar nichts mehr. Er schläft nicht. Alles an ihm verweigert sich. Wann immer er die Augen schließt, fängt er an, sich zu winden und zu protestieren. Schlaf ist Zeitverschwendung. Die Angst, etwas zu verpassen, übermächtig, seien auch die Augen rot und das Gähnen nicht zu unterdrücken. Auch nachts wacht er mehrfach auf und würde dann gerne herumgetragen werden oder wahlweise aufstehen. Beides ist keine Option.

Jetzt ist es abends um neun. Der Nichtschläfer hat seinem Namen Ehre gemacht und tagsüber kaum geschlafen.

„Dann schläft er am Abend gut", habe ich noch total naiv zum Gatten gesagt und mir in Gedanken die Hände gerieben. Ha! Denkste!

Eigentlich schläft der Sohn nach meiner Berechnung schon seit zwei Stunden. Aber es läuft irgendwie anders. Beim Stillen, bringt er sich nahe an den Zustand eines totalen Deliriums und weckt sich mit einem Aufschrei.. Ich habe schaukle ihn sanft im Bett, gehe dann zu Stufe zwei über und und singe dazu, was auch nicht den gewünschten Erfolg zeigt. Irgendwann, als der Sohn vor lauter Brüllen schwitzt, stehe ich auf und laufe herum. Das ist besser, aber weit weg von gut. Darum fange ich an, Aerobicübungen mit ihm im Arm zu machen. Das geht erstaunlich gut und man bekommt davon schönere Beine. Der Sohn steht auch drauf. Ich habe das eher zufällig rausgefunden, in einem Akt der Verzweiflung. Jetzt hopse ich also rhythmisch durchs abgedunkelte Schlafzimmer und stoße mir die Schienbeine am Bettrahmen an, ohne mich anschließend vor Schmerz zu krümmen – der Junge sollte ja einschlafen. Dazu singe ich Lalelu (ich hasse das Lalelu. Wenn ich erst mit den Säuglingsjahren fertig bin, will ich es nie mehr hören!) Er ist jetzt auch still. Ich werte das als Teilerfolg. Dummerweise sehe ich im abgedunkelten Zimmer nicht, ob das Kind schon schläft. Nach einer Viertelstunde gehe ich in den Flur.

Riesige Augen schauten mich an. Ich fühle mich fürchterlich und wenn ich das Lalelu noch ein einziges Mal singen müsste, würde ich ohne Zögern aus dem Fenster springen.

Verzweifelt laufe ich also zum Gatten und sage den Satz der Sätze: „Alles wäre super, wenn er nur schlafen würde!" Dann fange ich an, um den Esstisch zu gehen und da war ich also jetzt.

Beim Anblick seines Vaters heult der Junge wieder los. Warum auch immer, er fand Aerobic besser. Ich aber nicht mehr. Das Kind fühlt sich in meinen Armen an wie ein Stein und es wird nicht mehr gesungen heute, das weiß ich sicher.

Der Gatte hat eine Idee. Sie ist verpönt unter Nichteltern und anderen Ahnungslosen, aber sie ist ein Ausweg.

„Auto?", fragt er leise. Ich nicke, ein wenig erleichtert und auch beschämt ob meiner Hilflosigkeit. Dann kommt der Sohn ins Auto, in die Babyschale und ich kreise um den Block. Er schläft sofort ein. Ich fahre nach Hause und schalte den Motor aus. Der Sohn schaltet die Sirene ein. Es ist ein einziger Teufelskreis.

Ich hole also den Jungen wieder aus der Babyschale und weiß, was mir blüht: Das abgedunkelte Zimmer, vermutlich ein weiterer blauer Fleck wegen der Dunkelheitsaerobic und – Lalelu.

Das Wissen, dass es irgendwann anders wird, ganz sicher anders wird, hilft einem in diesen Momenten verzweifelten, völlig übermüdeten Mutterseins kein Stück weiter.

In dieser Zeit habe ich mit meiner Freundin (erste gefundene Gemeinsamkeit: schlaflose Kinder – dass es darüber hinaus Themen gibt, ist in dem Moment nicht wichtig) eine Art Schlafselbsthilfegruppe gegründet. Das ist ein wenig wie bei den Anonymen Alkoholikern, nur mit Schlafmangel.

„Und, wie war die Nacht?", ist die erste Frage morgens am Telefon.

„Was machst du, wenn er…", kann eine weitere sein.

Der Austausch ist oft lang und konfus, geprägt vom Schlafmangel handelt er vom Umgang mit Schlafmangel, Vermeidung von Schlafmangel, Wut und Unausgeglichenheit wegen Schlafmangel, dem Traum eines Lebens nach dem Schlafmangel, Einschlaftechniken für Säuglinge (die nur beim eigenen Kind funktionieren, sonst wäre es ja zu einfach, wenn es da allgemeingültige Regeln gäbe) und so weiter und so weiter. Wir haben Traumkissen gekauft, Traummelodien gesungen, Einschlafrituale eingeführt, geändert und weggelassen und nichts war eine wirkliche Lösung. Die „Selbsthilfegruppe" war also quasi total sinnlos, objektiv betrachtet.

Aber irgendwie war sie es subjektiv eben überhaupt nicht.

Warum auch immer, aber mir und auch ihr hat unser Austausch wahnsinnig geholfen.

Und wenn man schon nichts mehr dagegen tun kann als reden, dann kann man wenigstens mitfühlen, gemeinsam leiden und steht nicht so alleine da.

Ein Glück, dass „die Jungs" am Ende gleichzeitig angefangen haben, einigermaßen gut die Nächte herumzubringen, sonst wäre die jeweils noch Nachtwache Schiebende vermutlich vor Neid gestorben! Und da wir mittlerweile wissen, dass wir auch noch andere Themen haben (Beikost, große Kinder, Stillen und Ernährung der Brut – worüber redet man sonst in dieser Lebensphase? Man hat ja sonst nicht viel!), wäre das wirklich schade gewesen...

Schlafmangel ist Folter. Dass dieser Satz stimmt, weiß ich, seit ich Kinder habe mit hundertprozentiger Gewissheit.

Und alles ist ganz anders ...

Die Tochter hat sich das Knie aufgeschlagen.
Sie sagt:
„Im Hintergrund blutet ein prächtiges Mädchenknie."

Es stellt sich heraus, dass meine Wunschvorstellungen mal wieder von totaler Blauäugigkeit geprägt waren. Ich dachte mir in der Theorie, dass der Sohn mittags nach dem Essen schläft. Davor würden wir ganz entspannt das Liebkind vom Kindergarten abholen. Anschließend hätte ich dann schön Zeit für die Große.

In meinen Gedanken klang das super geplant und war auch gut organisiert. Leider sieht die Realität anders aus. Denn egal wann wir den Jungen ins Bett legen, er steht um fünf Uhr morgens auf. Und da ist er hartnäckig. Wir haben schon viel probiert. Wenn ein Baby allerdings um fünf Uhr morgens aufsteht, ist es gegen zehn so dermaßen von der Rolle, dass man es hinlegen muss, ob man nun will oder nicht. Dann schläft der Sohn, wahlweise bis zwölf. Er würde auch noch länger schlafen, darf er aber nicht, weil da ist dann die Tochter vom Kindergarten abzuholen. Meistens sitzt man in der „Pause", die das Kind macht, dann auch nicht auf dem Sofa und entspannt, sondern man hetzt durch die Wohnung und versucht, dem Chaos einen Ansatz von Struktur zu geben. Und während man das macht, sieht man all die Dinge, die auch weiterhin unerledigt bleiben, weil sie einfach nicht zum Notfallprogramm gehören.

Jedenfalls muss ich um zwölf den Sohn wecken, weil ich da ja die Tochter im Kindergarten einsammeln muss. Er ist dann saugrantig, anders kann man es nicht ausdrücken, und ich bin auch nicht gerade euphorisch, wenn ich mit dem frisch geweckten Kind losrenne. Meistens fühle ich mich total abgehetzt und so was von nicht wohl, wissend, dass ich einen Nachmittag mit einer unterforderten Vierjährigen und einem müden Kleinen vor mir habe.

Eines Tages ist es so, dass ich mit dem Buggy ankomme und mich suchend nach dem Liebkind umblicke. Um diese Zeit sind die Kinder meistens im Garten. Ich schau mich um, gedanklich total gefangen in den vielen Aufgaben auf meiner Liste, dem Quengeln des Sohnes, der Überlegung, was ich kochen soll und und und. Meine Tochter ist nicht da! Ich schau nochmal, langsam mach ich mir Sorgen.

Man muss dazu sagen, das Kind versteckt sich gern, es ist so ein Ritual. Also laufe ich zum Hexenhaus, der Räuberhöhle und dem umgefallenen Baumstamm, aber sie ist an keiner der bekannten Stellen. Ein großes Mädchen in pinker Jacke rennt an mir vorbei und rast zum Hexenhaus.

Ich suche weiter.

Die Erzieherin beobachtet mich und schaut ein wenig irritiert.

„Ist alles okay?", fragt sie mich.

„Mein Kind ist irgendwie nicht da", sage ich.

Die Erzieherin schaut noch irritierter. „Da läuft sie doch!"

Ich kann es nicht fassen. Das riesengroße Mädchen in der pinken Jacke ist meine Tochter. Es ist nicht nur die gleiche Jacke. Da steckt mein Kind drin! Und irgendwie ist sie unfassbar viel größer als in meiner Vorstellung von ihr. Wann nur ist sie so groß geworden? Wie konnte ich das nicht bemerken?

Wie müde und unaufmerksam kann man sein? Ich erschrecke tatsächlich ein wenig vor mir selbst und vor der Veränderung, die sich da so plötzlich vollzogen hat. Jetzt bin wohl ich die, die irritiert dreinschaut. Und dann renne ich los, um meine kleine große Tochter einzuholen. All die dummen Sprüche fallen mir ein, die man da so kennt:

„Die Zeit vergeht!"
„Du bist aber groß geworden!"
„Wirst schon sehen, wie schnell sie groß sind."

Aber dass es so schnell geht, dass sie in meinem Kopf noch winzig ist, aber als großes Mädchen an mir vorbeirennt, das hätte ich nie gedacht und ich ermahne mich, die Zeit zu genießen, sie nicht einfach vorbeiziehen zu lassen.

Mädchen sind anders, Jungen auch

„Mamaaa? Ist das Dach eigentlich gedeckt, damit es nicht friert?"

In der Zeit meiner Mädchenmutterschaft habe ich gefühlte tausende Male gehört, dass irgendwelche Dinge typisch sind, weil ich eben eine Tochter habe.

Sie sprach sehr viel. Ganz klar, weil sie ein Mädchen ist. Dann war sie eher bedacht und hat immer gern gebastelt. Sofort war wieder klar, dass das eine total feminine Eigenart von ihr ist. Dagegen hatte ich eine Freundin, deren Junge war unheimlich maskulin. Er war wild und laut und motorisch unfassbar talentiert. Klar, ein Junge halt.

Er mochte Autos und war nicht zimperlich. Er konnte alle Verschlüsse öffnen und hat Automarken im zarten Alter von zweieinhalb Jahren unterschieden, beeindruckend männlich eben.

Und dann wurde ich mit einem Sohn schwanger und hatte, zugegeben, so meine Ängste. Hätte ich jetzt für immer einen chaotischen Autoschubser in der Familie? So einen, der den ganzen Tag mit seinem Matchboxdings die Couch hoch und runterfährt und der nur vor sich hin brummt, statt sprechen zu lernen?

Als er dann auf der Welt war, war jede Angst, jedes Vorurteil, jede Sorge wie weggeblasen. Mein Sohn war ein ganz und gar zauberhaftes Baby, zuckersüß und das Geschlecht war einfach völlig egal. Klar, der Kleine war total anders als seine Schwester. Aber warum auch nicht, sie sind ja zwei kleine eigene Persönlichkeiten. Dass er viel später anfing zu lächeln als sie, hat mich trotzdem ein wenig beunruhigt. Als ich meiner Mutter davon erzählte, sagte sie: „Tja, so sind sie halt, die Jungen. Die sind eben langsamer."

Und als er mit einem Jahr gerade mal ein paar einfache Wortkonstruktionen brabbelte, während mein großes Kind da schon kurz vorm Zweiwortsatz stand, habe ich diesen Satz wieder gehört. Genauso wie da, wo ich über sein mangelndes Interesse am Bilderbuch berichtete oder über seine Freude an diesen Steckpuzzles für Kinder.

Ist mein Sohn etwa wirklich anders, weil er ein Junge ist? Ich habe oft und lange über diese Frage nachgedacht.

Doch dann fing er an, sich für Haarspangen zu interessieren und für Glitzer und für die Kleider seiner großen Schwester, die er mit Leidenschaft und so viel Grazie trägt, wie sie eben ein Eineinhalbjähriger hat. Dazu fährt er mit den Händen über den Stoff und strahlt.

Aktuell ist er ein begeisterter Bastler und Maler, er liebt Röcke und geschminkt zu werden ist für ihn immer eine Freude. Sehr viel Spaß hat er an Musik und Tanz – und auch, wenn sein Vater einen Bagger imitiert und mit ihm Autos durchs Wohnzimmer schiebt, zeigt er kreischende Begeisterung.

Mein Sohn entdeckt offen für alle möglichen Dinge seine Welt. Diese Dinge sind manchmal rosa und glitzern und manchmal sind sie unglaublich maskulin. Er ist da, wo noch ein Platz in unserer Familie frei war, wie ein fehlendes Puzzleteil, das gefunden wurde.

Wenn ich mit meinen Kindern knete, kann man nicht sagen, dass er als Junge weniger Interesse am Modellieren hätte als meine Tochter – oder andersrum.

Ich glaube, besonders wichtig ist, dass hier in unserer Familie „Er ist halt ein Junge" so als Aussage nicht gilt.

Er bekommt, wenn er weint, den gleichen Trost wie seine Schwester und muss kein bescheuerter Indianer sein, der seine Tränen unterdrückt, weil er lernen muss, als Mann keinen Schmerz zu zeigen.

Wenn er dann mit seiner Schwester durchs Haus lacht, weil sie ihm einen Pferdeschwanz auf dem Kopf gebastelt hat und er Feenflügel auf dem Rücken hat, während sie auf seinem Sandbagger sitzt und Chefbauarbeiter ist, dann fühlt sich alles ganz wunderbar am richtigen Platz an, denn da sind zwei spielende, sich auslebende Kinder, denen herzlich egal ist, ob ihre Kompetenzen und Vorlieben nun ihrem Geschlecht zugeschrieben werden oder nicht.

Großelternmomente

„Opa, du hast aber viele Falten!
Kann man die nicht wegbügeln?"

Jetzt, mit fünf Jahren, endlich, freut sich das einst eher scheue Töchterlein, wenn sie bei den Großeltern schlafen darf. Sie hat lang gebraucht, bis sie auch nur die Idee zulassen konnte. Jetzt allerdings sind solche Übernachtungsbesuche immer ein echtes Highlight für das Liebkind. Vermutlich hat das damit zu tun, dass sie im großelterlichen Haushalt hofiert wird wie die Königin von Java.

Sie wird bereits im Vorfeld befragt, welchen Speiseplan sie wünscht. Die genannten Lebensmittel werden dann in Mengen gehortet, die mindestens sieben Kinder ihres doch geringen Formats sattkriegen würden. Es gibt Pizza, fettige Pfannkuchen, Eis und Kuchen. Wenn es Obst gibt, dann eine übersichtliche Zahl Erdbeeren (weil das arme Kind andere Obstsorten im Omaparadies verweigert und damit natürlich durchkommt) und weiße Brötchen mit dick Butter und Salami. Nach Rückkehr aus ihrem Königreich ist die Regentin dann jedes Mal so überfressen, dass sie zwei Tage nicht isst. Aber hey, egal. Sie war ja in Java, da schlagen die Uhren einen anderen Rhythmus.

Es gibt dort auch Ausflüge – natürlich nach Tochterwunsch und der Großvater räumt das großelterliche

Schlafzimmer ohne Murren und schläft auf einem Klappbett im der Abstellkammer.

Das Kind darf neben der Oma schlafen. Für die Königin nur das Beste! Das Liebkind genießt dort selbstverständlich auch die einer Königin würdige Monopolstellung, denn, Zitat: „Mein kleiner Bruder ist noch viel zu klein, um bei Oma und Opa zu übernachten. Das schafft der noch gar nicht!" Wenn sie diesen Satz verkündet, macht sie eine sehr ernste Miene, damit wir Eltern ja nicht auf komische Ideen kommen. Kein Wunder also, dass unsere Tochter gern hinfährt. Sei ihr ja auch gegönnt. Man weiß ja, was dort Sache ist und es ist ja nicht so oft.

Ritual ist, dass ich am Abend anrufe und kurz Gute Nacht wünsche, mir die Tageshighlights schildern lasse und dann schnellstens wieder aus der Leitung geworfen werde. „Eigentlich esse ich grade eine Leberwurstbreze und dazu noch Leberkäse." Siehe oben. Großelterliche Ernährung.

Ich werde dann an den Großvater weitergereicht, der ziemlich fit klingt, angesichts der Tatsache, dass er die Nacht in der Abstellkammer weggeklappt war.

„Hach, das Fröschelchen. So ein gutes Kind! Heute im Spaßbad war es einfach einwandfrei."

„Der Opa und ich haben beim Rutschen den Geschwindigkeitsrekord gebrochen!", schreit die Tochter im Hintergrund.

Er weiter: „Die kann schon so toll schwimmen. Keine macht das so gut in ihrem Alter."

„War sie brav?", frage ich etwas besorgt. Ich kenne meine Tochter. Zwei Tage ohne jede Grenzen, dafür mit totaler Überzuckerung – irgendwann kommt da das

Durchdrehen unweigerlich.

„Ja, also ganz brav, so ein Fröschelchen."

Aha. Gut.

„Und ins Bett geht sie auch so brav."

Aha. Gut.

„Sie geht so gern ins Bett."

Aha. Da muss irgendwas faul sein.

„Ich bleib dann bei ihr, bis sie schläft und halte ihre Hand. Dann kann sie besser schlafen!"

„Was?" Das entsetzt mich jetzt ein wenig. Ich erinnere mich an finstere Abende voller Kinderfantasien von Monstern und Ängsten im Dunkeln und mich, wie ich nach meinen Eltern schreie und daran, wie ich dann einen Anschiss kassiere, weil ich jetzt Schlafenszeit habe (und verwöhnt wird da jetzt nicht) und daran, dass ein Licht, ein kleines Nachtlicht nur, nicht möglich war (Stromkosten und vermutlich wird auch in diesem Punkt nicht verwöhnt).

Auch glaube ich mich an die kritische Stirnfalte meiner Mutter zu erinnern, als ich erzählt habe, dass ich die Tochter nicht schreien lasse, sondern mit Handhalten ins Bett bringe. Das ist einige Jahre her. Damals war das Liebkind zwei Jahre alt und die Meinung, man müsse dem Kind da schon mal deutlich machen, wer da das Sagen hat (da wird nicht verwöhnt, das hatten wir ja nun schon mehrmals!).

„Ja, mei, gell, haha … Ich hab mich da halt zu ihr ins Bett gekuschelt und mei …"

Er weiß es genau! Mein Vater erinnert sich an die Monster in meiner Zimmerecke und daran, dass ich geweint habe, weil ich seine Hand in meiner spüren wollte an diesem einen Abend, als alles zu finster war.

Vermutlich gab es noch mehr Abende wie diesen einen – aber natürlich weiß ich das nicht mehr so genau. Und irgendwie ist es ein seltsames Gefühl, dass meine Eltern jetzt, als Großeltern, alles anders machen als bei mir.

Ich frage mich, was dieses Gefühl in mir auslöst und warum. Auf jeden Fall bin ich ein wenig ärgerlich und alte Kindheitsgefühle kommen in mir auf. Aber so richtig komm ich nicht drauf, wo die Ursache dafür liegt. Ich fühle mich ein wenig verlassen und zurückgesetzt, quasi rückwirkend.

Und ich frage mich, warum es damals so falsch gewesen wäre, mir an dem Abend mit den Monstern anders weiterzuhelfen als mit einem strengen Blick und einem konsequenten Wort, dass jetzt aber wirklich ohne solche Spinnereien zu schlafen sei.

„Wenn unser Fröschelein das doch aber gerne will!", sagt mein Vater und ich höre die Rechtfertigung und auch eine gewisse Verlegenheit. Ist das späte Selbsterkenntnis? Oder vielleicht interpretierte ich da mehr rein als er sagen wollte?

„Naja, wir haben sie ja nicht immer, gell", fügt er dann noch hinzu. Und ich frage mich, ob ich nicht manchmal zu streng mit meiner Tochter bin, zu konsequent, zu sehr so, wie ich es von meinen Eltern gelernt habe. Ich nehme mir fest vor, dass ich bei ihr bleibe zum Einschlafen, wenn sie das nächste Mal krank ist. Dass ich dann ihre Hand halte oder mich zu ihr ins Bett kuschle, bis sie tief und fest schläft. Was sollte es schon schaden, diese Extraportion mehr Liebe zu geben?

Und dann, nach zwei Nächten, kommt das Liebkind nach Hause. Sie ist ein völlig anderes Kind als beim Abgeben. Ja, sie ist glücklich. Sie ist aber auch wahnsinnig aufgedreht. So sehr, dass es kaum auszuhalten ist. Vielleicht, weil sie drei Tage im grenzenlosen Raum verbracht hat? Weil sie in den letzten drei Tagen kein Nein gehört hat? Vielleicht ist der Weg, unseren Kinder gegenüber liebevoll und konsequent zugleich zu sein, nicht verkehrt. Manchmal braucht es eben Sätze wie: „Komm, wir sind im Auto, klapp bitte den Regenschirm wieder zu."

Oder „Nein, die Puppe möchte die Knabberente nicht auf dem Kopf verrieben bekommen, bitte steck sie in deinen Mund."

Sonst ist das Monster im Kinderzimmer am Ende nicht mehr das in der dunklen Ecke, sondern das Kind im Bett. Und das verschwindet ja bekanntlich nicht so einfach, wenn man das Licht anknipst.

Reisen mit Kindern

*„Wenn wir dann in Thailand sind, dann kannst du die Leute
mit Sawadee Ka begrüßen!"*
*Die Tochter ist entrüstet: „Mama, ich kann doch noch gar nicht
Sawadee Ka sagen!"*

Als unser Sohn eineinhalb Jahre alt war, haben
wir es gewagt. Wir sind nach Thailand geflogen.
Davor waren wir schon in Südafrika und auch auf den
Seychellen – aber da eben nur mit einem Kind.

Jetzt, mit zweien, kommt es uns irgendwie spannen-
der vor, es wieder zu tun. Bei einem Kind ist der Betreu-
ungsschlüssel schließlich doppelt so gut und die totale
Überwachung der Nachkommen ist gegeben. Jetzt ist da
eine wagemutige Vierjährige und ein doch noch recht
impulsgesteuertes Kleinkind im Zaum zu halten.

Trotzdem: Unsere Reiselust war und ist viel zu groß,
um nur wegen der Tatsache, dass wir jetzt zwei Kinder
haben, auf Reisen in die Ferne zu verzichten.

Die Reaktionen auf unsere bevorstehende Asienreise
waren durchwegs interessant.

Einmal, am Spielplatz, in der örtlichen Mütterrunde,
habe ich mich mit einer Frau unterhalten, die das Reisen
mit dem Kleinkind kategorisch ausschließt, weil die
medizinische Versorgung eben nirgendwo ist wie bei
uns und weil der Erholungswert einer solchen Reise mit
den Strapazen mindestens aufgewogen wird und demzufolge sich die ganze Sache nicht rentiert. Dass sie so

denkt, ist für mich auch völlig in Ordnung. Jeder ist anders und lebt anders.

Doch dann kam Mutter zwei dazu. „Wie, ihr fahrt weg?"

„Ja, nach Thailand."

„Oh, ehrlich. Ja was macht ihr denn in der Zeit mit den Kindern?"

Das ist übrigens eine beliebte Frage. Ich bin immer versucht zu antworten, dass wir unsere zwei Kinder während der sechswöchigen Reise in den Schrank hängen, zu den Hosen, und danach wieder rausholen und unser Leben weiterleben.

Aber natürlich sage ich das nicht. „Na, die kommen mit!"

Der Gesichtsausdruck der Frau mir gegenüber verschließt sich schlagartig. „Das halte ich für unverantwortlich. Die armen Kinder!"

Ich kann gar nicht fassen, wie mir geschieht. Eine völlig fremde Person, mit der ich mich noch nie unterhalten habe, hat mich gerade zutiefst verurteilt.

Sie hat nach diesem Vorfall übrigens auch nie wieder mit mir gesprochen. Und wir sehen uns täglich am Eingang des Kindergartens!

Jedenfalls möchte ich ganz, ganz dringend zum Reisen mit Kindern raten – wenn sie gesund sind und neugierig obendrein. Unsere Tochter, die diesen Urlaub als ersten so richtig bewusst miterlebt hat, war völlig begeistert von dem neuen Land, den Menschen, dem Essen und der fremden Mentalität. Sie hat die Erlebnisse auf unserer Rucksackreise tief in sich eingesaugt und jeden Augenblick genossen. Beim Rückflug nach immerhin sechs Wochen war sie tieftraurig, weil die Reise ihrer

Ansicht nach viel zu früh zu Ende ging.

Überhaupt scheint mir, gute Vorbereitung ist alles. Wir hatten mehr Medikamente als Kleidung dabei – aber dadurch waren wir eben für alle Eventualitäten gerüstet. Es war immer klar, in welcher Entfernung das nächste Krankenhaus war und wie wir es hätten erreichen können. Bei unserer ersten Reise hatten wir sogar im Vorfeld den Kinderarzt nochmal darüber informiert, dass wir wegfliegen und Kontakt mit ihm via Mail vereinbart, falls irgendwelche Probleme auftreten sollten.

Wir haben in jeden Fall wahnsinnig von unseren Urlauben profitiert.

Unser Sohn ist seit dem Urlaub der unkomplizierteste Schläfer überhaupt. Kinderwagen, Bett, Zelt, wo man ihn bettet, da liegt er. Wir haben wunderschöne Bilder von unserem Sohn, wie er auf einer Strandmatte im Schatten liegt und schläft, während das Meer ihm im Hintergrund ein Schlaflied rauscht.

Wir hatten glückliche Zeiten auf unseren Reisen, die uns als Familie noch mehr verbunden haben und uns das Gefühl gaben, wir könnten zusammen einfach alles schaffen.

Das Liebkind hat auf Reisen gelernt, dass man sich vor Herausforderungen nicht zu fürchten braucht. Sie hat in Südafrika laufen und in Malaysia das Schwimmen gelernt. Und sie weiß, dass manche Menschen ganz anders als wir leben und dass das etwas Gutes ist.

Mit der richtigen Vorbereitung und dem richtigen Herangehen ist eine große Reise immer ein Fest! Und die feiern wir in unserer Familie wild und „verantwortungslos" mit unseren „armen Kindern" wie sie eben fallen!

Ein Nachmittag mit Kindern

Wir sind beim Kinderturnen in der Turnhalle. Das Liebkind läuft mit der Übungsleiterin in den Geräteraum. Fassungslos schaut sie sich zwischen großen Kästen und Trampoline um. Ihr Ausdruck ist ernst als sie fragt: „Und wo ist dein Bett?"

Zuhause ist es doch am allerschönsten – wenn man keine Kinder hat.

Mit den Kindern ist es daheim oft wirklich anstrengend, vor allem, wenn es regnet und man nicht raus an die frische Luft kann. Es stimmt nämlich. Kinder brauchen frische Luft und Bewegung.

Heute ist einer dieser Tage und ich bin mehr als frustriert. Der fünfte Regentag in Folge fordert seinen Tribut an allen Ecken und Enden, die Stimmung ist auf dem Nullpunkt. Tiefer geht es nicht, die Kinder sind hibbelig und laut, ich leide unter der Kälte und der allgemeinen Stimmung. Ich weiß schon gar nicht mehr, wie oft ich gesagt habe „Kinder, nicht streiten!". Es nervt wahnsinnig.

Um den Tag also irgendwie totzuschlagen habe ich zwei Freundinnen mit gleichaltrigen Kindern eingeladen. Die drei großen Mädchen gehen ins Kinderzimmer, die drei Kleinen dürfen das Wohnzimmer verwüsten. Es wird am Abend, wenn der Gatte heimkehrt, wie im dritten Kriegsjahr aussehen, aber hey, das ist es wert, den Nachmittag zu überstehen.

Als Freundin eins kommt, ist ihre Tochter im Auto

eingeschlafen, meistens bedeutet das schon an sich, dass die Stimmung nicht so toll ist, aber nein, alles gut, die große Tochter verschwindet im Kinderzimmer. Kind klein rennt ins Wohnzimmer und ringt meinen Sohn zu Boden. Der schreit lautstark nach mütterlicher Unterstützung. Der Kleine der Freundin ignoriert das und reitet auf dem Rücken des Sohnes, welcher das mit einem Kreischen kommentiert. Man muss dazu sagen, mein Sohn ist aktuell überhaupt nicht so gut drauf, also ganz allgemein. Er brüllt schon, wenn ich auf die Toilette gehe so erbärmlich, dass man vermuten könnte, ich hätte meine Auswanderung angekündigt (und ja, aktuell weiß ich nicht, was mich hier noch hält! Das Geschrei ist es nicht!).

Als Freundin zwei mit ihren Kindern kommt, ist mein Sohn längst gerettet. Drei Kinder spielen im Kinderzimmer, drei sind bei uns. Alles scheint geregelt, die Jungs schubsen Autos, ich mach Latte Macchiatos.

Gerade als wir sitzen, rumst es laut. Meine Tochter schreit: „Ein Unglück, ein Unglück! Wir haben hier ein Unglück!"

Alles lässt die Kaffees stehen, nimmt die Kleinen hoch und rennt ins Kinderzimmer, wo das müde Mädchen meiner Freundin gerade aus dem Hochbett gefallen ist. Sie wird getröstet, ich suche einen Kühlakku, mein Sohn brüllt indessen sofort wieder los in tiefer Besorgnis, dass ich durch das Kellerfenster, wo der Gefrierschrank steht, entkommen könnte. Aber nein, ich bin ja nicht so. Ich lauf die Treppe wieder hoch ins totale Chaos. Rescueglobuli und ein Lutscher retten die Lage. Während wir das gefallene Kind trösten, rennt der Sohn der Freundin mit meinem Sohn los ins Kinderzimmer. Ach, er darf wohl schon fliehen und ich nicht? Unfair. Ehrlich.

Wir lassen alle unsere Kaffees stehen und rennen den Jungs hinterher. Wer will schon warmen Kaffee?

Die Mädchen kreischen. „Für Kleine ist hier Sperrzone!"

Und im Hintergrund galoppiert Mädchen drei vorbei. „Ich bin ein fliegendes Gespensterfilly mit einem rosa Glitzerhorn und orangen Flügeln!"

Alles klar. Die Kleinen bleiben im Kinderzimmer, denn da ist es super.

Wir sitzen beim Kaffee. Alle Kinder sind im Kinderzimmer. Zehn Sekunden später, ich hab noch nicht genippt, der Milchschaum ist zusammengefallen, schreit mein Sohn, Panik in der Stimme. „Mamaaa! Mamaaa!"

Unfassbar, was für ein Organ! Ich renne die Treppe hoch. Alle Jungs wollen wieder runter. Ich hole Mutter drei. Wir gehen nach unten.

Junge eins schubst Junge zwei von der Rutsche, während Junge drei sich auf Junge eins wirft. Super. Mein Sohn kreischt.

Man stelle sich jetzt vor, dass sich alles Beschriebene mehrfach so oder sehr ähnlich wiederholt. Wir laufen den Kleinen in alle Richtungen hinterher. Sie steigen überall hoch und fallen wieder runter, es wird geweint und gestritten und – ich gebe es ja zu – manchmal auch gelacht. Es sieht zu komisch aus, wenn der kleine Sohn meiner Freundin mit Schalk in den Augen durchs Zimmer steuert und alle Lichter im Raum an- und ausknipst, als wären unsere Lampen die schlechte Beleuchtung irgendeiner Vorstadtdisco.

Eins der Mädchen kommt in ein Bettlaken gewickelt

aus dem Obergeschoss und ist ein Geist. „Huhuuu! Huhuuu!"

Gekicher, dann rennt sie wieder hoch. Die Kleinen sitzen am Tisch und essen Kekse. Ich nippe vom Kaffee und atme auf. Wir Mütter schaffen es tatsächlich, zwischen ein paar Neins und „Nimm das nicht weg, der hatte es zuerst!" oder „Willst du einen Schluck Tee?" einige Worte zu wechseln. Es ist schon fast ein Gespräch in Gang gekommen, da ertönt über mir erneut ein Rumsen, dann Geschrei. Mein Kind, eindeutig.

Ich stelle das Glas ab. Zu früh gefreut, ganz klarer Fall. Im Laufschritt renne ich die Treppe rauf, unten brüllt mein Sohn, weil er sicher ist, ich hol nur noch meine Tasche und dann bin ich weg. Oben brüllt meine Tochter. Sie hat es dem anderen Mädchen nachgemacht und sich aus dem Hochbett gestürzt. Alles brüllt, der Lärmpegel ist beeindruckend.

Mädchen drei galoppiert vorbei. „Ich bin jetzt kein Glitzerfilly mehr, sondern überhaupt kein Filly, ich bin ein Pferdegeist mit Glitzerstaub auf den Flügeln."

Mein Sohn und das Liebkind brüllen unbeirrt. Es ist ja so schön, willensstarke Kinder zu haben!

Die Tochter kommt auf die Couch und kühlt jetzt auch via Kühlakku. Der kleine Sohn der ersten Freundin wirft sich lachend auf das liegende Töchterlein. Sie kreischt wie angestochen.

Mein Sohn umarmt mich, nein, eigentlich versucht er, mich zu erdrücken, und dazu schreit er: „Meins! Meins!"

Beide Freundinnen wollen jetzt nach Hause gehen – ich kann es ihnen nicht verübeln. Die Kaffees stehen auf dem Tisch, kalt und unangetastet. Keine Ahnung, wie das sein kann, aber der Nachmittag ist vorbei. Er war unheimlich lang und unheimlich kurz.

Wenn gleich mein Mann nach Hause kommt, drücke ich ihm sofort seinen Sohn in die Hand und gehe in die Badewanne. Oder ich packe meine Tasche und des Kindes schlimmste Befürchtungen werden wahr. In meiner aktuellen Stimmung kann ich da gar nichts ausschließen.

Macht „Muttersein" alt?

„Wenn ich mal groß bin,
dann heirate ich meinen Bruder!"

Einst bin ich geklettert. Ich habe am Tisch gesungen und hatte die Haare feuerrot.

Manchmal habe ich total unflätig gesprochen. Im Gebirge habe ich mich schon mal unvernünftig verhalten und hatte keine warmen Sachen dabei, getreu dem Motto: Das wird schon gehen. Ging ja irgendwie auch immer. Auf Reisen ein kleiner Wüstenspaziergang ohne Wasserflasche? Na klar! Haben wir alles gemacht.

Jetzt gehe ich keine fünf Minuten mit dem Buggy raus ohne Getränk für die Kinder, ohne Jacken, ohne Regenzeug. Und was zum Knabbern hab ich auch dabei, ganz zu schweigen von Wickelsachen und Wechselkleidung, denn man weiß ja nie.

Geklettert bin ich seit der Geburt des Liebkinds nicht mehr. Kommt mir irgendwie seltsam vor, dass ich das mal gemacht hab, noch dazu mit Leidenschaft. Ich will nicht da oben rumhängen. Was, wenn mir was passiert? Ich könnte mir sonst was brechen. Und wenn ich mir was breche, wer übernimmt dann meinen Job?

Gleiches gilt für Grippeinfekte und sämtliche Erkältungskrankheiten meinerseits. Der erste Gedanke ist nicht, dass es mir dann mies geht, sondern wer die Leitung meines kleinen Familienunternehmens übernehmen könnte.

Bei Tisch singen tun wir nie – das wäre ein Aufruf zum Aufruhr. Das will hier keiner, es ist so schon unruhig genug bei uns. Dafür ermahne ich oft. „Tochter, nimm bitte den Finger aus der Nase. Du hast Nudeln, du musst keine Popel essen."

Oder ich sage: „Nimm doch deine Füße vom Tisch und setz dich ordentlich hin."

Manchmal auch: „Benutz die Gabel und nimm die Zunge aus dem Teller. Du bist doch kein Hund!"

All diese Sätze kenn ich quasi im Schlaf, totales Standard-Repertoire.

Als ich neulich in trauter Freundesrunde das Sch-Wort gesagt habe, wurde ich sehr gerügt. „Aber bitte! Du kannst das doch nicht verwenden vor den Kindern!"

Ich war sehr kleinlaut.

Und als ich mal rote Haare hatte, so vor einem Jahr, da wurde ich im Kindergarten sehr angestarrt von meinen Mutterschaftskolleginnen.

„Du bist aber mutig, rote Haare, in diesem Umfeld", hat eine tatsächlich zu mir gesagt.

Das hat mir zu denken gegeben.

Beim nächsten Friseurbesuch wurde es ein harmloses Haselnussbraun. Man will ja das Kind nicht zum Außenseiter machen, weil man selbst anders ist.

Aber ich frage mich schon manchmal, ob das so richtig ist. Natürlich, vorsichtig sein, die Kinder beschützen, Regenjacken im Gepäck haben und ein Handy für den Notfall, das alles sind Sachen, die gut sind für die Kinder.

Sie müssen Regeln lernen und Werte und Zurechtkommen im Leben. Trotzdem möchte ich mit meiner Tochter nach ganz oben ins Klettergerüst.

Der Sohn soll an meiner Reaktion sehen, dass ich Seifenblasen genauso grandios finde wie er es tut. Seifenblasen pusten macht unglaublich viel Spaß, probier es mal wieder aus!

Ich will mit den Liebkindern um die Wette tauchen, ohne Angst um meine Frisur, und ich will mit ihnen laut kreischen, wenn sie mal so weit sind, Achterbahn zu fahren. Denn dann will ich neben ihnen sitzen bei der ersten Fahrt. Vielleicht ist die erste rote Haarsträhne meiner Kinder ein Rest von meinem Färbemittel! Das fänd ich ganz wunderbar.

Und mit der Tochter eine Hexe sein im Fasching will ich auch, total peinlich geschminkt und sie ganz stolz an meiner Hand – das hatten wir schon und es war wie im Zauberland. Unfassbar, was einem da entginge, wenn man sich nicht auch einmal klein sein traute! Dieses Hexendasein schreit geradezu nach Wiederholung. Oder, wer weiß, vielleicht werde ich ja auch eine Fee beim nächsten Mal – eine sechsunddreißigjährige Kurzhaarfee mit Glitzerstaub?

Außerdem: Was würde ich denn meinen Kindern vorleben, wenn ich mich ständig nur viel zu ernst nähme und nicht mehr ich selbst wäre, dafür aber unglaublich erwachsen?

Neulich sagte eine Freundin zu mir: „Das war jetzt aber wirklich kindisch von dir!"

Ich antwortete: „Du, ich fand es auch total klasse!"

Kinder haben – ein Fazit nach fünf Jahren

Das Liebkind hat das Seepferdchen gemacht. Sie strahlt.
„Papa, ich hab so ein warmes Gefühl im Bauch!"

Und schon sind fünf Jahre vorbei. Fünf Jahre prall gefülltes Leben.

Man darf sich keine Illusionen machen, glaube ich. Viele erwarten, es müsse immer nur rosa sein, wenn man Kinder hat. Das macht unglaublichen Druck. Es ist ein bisschen so, als würde man sich eine Blöße geben, wenn man zugibt, dass eben nicht immer alles eitel Sonnenschein ist, mit der Mutterschaft.

Ich habe eine Freundin, die sagte mal: „Du bist die Einzige, die zugibt, dass es nicht immer schön ist mit den Kids. Die meisten scheinen immer glücklich sein zu müssen."

Ja, aber so ist es nun mal nicht. Kinder zu haben ist oft unwahrscheinlich stressig. Es raubt den Schlaf und den letzten Nerv. Ich bin mir fast sicher, dass das allen so geht, nicht nur mir. Meine zwei Kleinen sind die größte Herausforderung meines Lebens. Sie zu haben ist ganz anders als ich es mir vorgestellt hatte.

Bevor das erste Kind geboren wird, hört man ja oft, dass das jetzt die Lebensveränderung schlechthin wird. Man denkt sich dann aber, ach, bei uns wird das schon anders sein. Es wird auch anders sein – nur eben auch kein Zuckerschlecken. Man idealisiert die Elternschaft in der Theorie gerne. Schlafende Babys in Kinderwagen, rosige Kleinkinder, die vor Lachen quietschen, erste wackelige Schritte, wunderhübsche Babyklamotten – und schon wallen die weiblichen Hormone auf und man denkt sich, dass das mit einem Kind doch einfach nur super werden kann. Das liegt irgendwie in der Natur, glaube ich. Sonst würde der Mensch ja aussterben.

„Manchmal will ich meinen Sohn mit Wut an die Wand schmeißen und danach liebevoll wieder runterkratzen", sprach letzte Woche mein Schwager und grinste dazu meinen Neffen an, der die Augen verdrehte und den Raum verließ. Der Junge ist fünfundzwanzig Jahre alt.

Es scheint so, als würde sich dieses Gefühl zwischen Eltern und Kind also auch nicht ändern.

Elternschaft bedeutet für mich persönlich nicht nur Glück. Es bedeutet auch Wut, Machtlosigkeit, Ambivalenz, Sorge, anspruchsvolle Lebensveränderung und totales Chaos. Das ist auch völlig in Ordnung. Schließlich bin ich nicht perfekt, so gern ich es wäre.

Mama sein bedeutet am Ende auch immer Liebe, reine, pure, bis dahin ungekannte, allumfassende Liebe. Also ist es am Ende wohl den ganzen Ärger wert, sich ins Abenteuer Mutterschaft zu stürzen.

Und wenn ich jeden Tag mein Bestes in diesem Vierundzwanzig-Stunden-Job gebe, kommt hoffentlich am Ende etwas Gutes dabei raus.

HML-MEDIA-EDITION
ist die Herausgeber-Plattform
der Literarischen Agentur HML Media Nürnberg
Hier publizieren unsere Autoren
Liebe – Heimat – Krimi – Erotik – Sachbuch

www.hml-media-edition.com
Wir machen gute Unterhaltung!

www.hmlmedia.de